ヨンブンノイチウィンドウ

矢島 耕平

Yajima Kohei

文芸社

著者あいさつ

これから始まる物語は、今まで私が実際に経験してきたこと、この目で見てきたことをベースにし、随所におもしろおかしくフィクションを交（まじ）えて書き上げたものです。

私は基本的にはユーモアがあって親切な男のはずですから、作中のエピソードに多めにスパイスを加えたり、寂しそうなテーブル（場面）に私のサービスで大盤振舞をしていたりと、それなりに読者のために勘考、苦心したと思います。殊（こと）にセンシティブなシーン、描写、登場人物においては、この世界では特別に「小説は事実よりも奇なり」という寛容の精神をもって、痛快に読み進めてくださいね。でもあんなことやこんなこと、いろいろあったなあと想いを巡（めぐ）らせる作業はとても楽しく、またそれを楽しいと思えている自分に強さや悦（よろこ）びを感じました。この本を手に取ってくださったあなたにも、そんな清しい読後感を贈ることができたら、作家として心から嬉しく思います。

さて、この辺で一人称を〝私〟から〝俺〟に変えよう。チューニングも調（ととの）った。ではでは、コレが俺の処女小説『1／4窓』です。とくと書見ください。

矢島耕平

この小説を心の病に悩んでいる人、そして俺を救ってくれた母と、
天国の祖父に捧げる。あとホールデンにも。

1／4窓

ヨンブンノイチウィンドウ

1／2

そこにジャック・ニコルソンはいなかったしナタリー・ウッドもいなかった。まるっきりエンターテイメント性皆無（かいむ）の場所。無理もない。実際は沈んだ顔をした奴らが寂しそうにウロウロし、なにやら隅っこの方でうずくまってブツブツ言ってる、そんな場所。うん、あえて言うならレッドフォードの「普通の人々」の世界観が近いかもしれない。

若い患者も結構いる。でも仲良くなりたいだなんて微塵（みじん）も思わない。二十歳（はたち）にも満たないぐらいの女の子がひとりベンチに座って読書をしている。本来なら少しはスケベな目でその娘（こ）を見たいものだが、そんな思考には到底ならない。だって手首を見ちゃったんだもん。現実に、目の前に今、**そういう**行為をした人がいるんだと思うと、さらに鼓動が速くなり一気に怖くなってきた。その時、いつか観（み）た「17歳のカルテ」という映画を思い出したっけ。

俺は今本当に生きているのか？　フワフワしてよくわからない。トイレの鏡で自分の顔を確認するが寝癖がついてて俺らしくない。

ストレスが溜まり、荒れる海に浮かぶ小舟のような足取りで廊下を何往復もしていると、最初は気にして話しかけてきた看護師ももう寄ってこない。自動販売機をおもいっきり蹴りたいという衝動が不安定な俺の心をまた駆り立てる。唆すのは大概にしないとマジでやっちまうぜ。

こんな思い出に取り憑かれたまま、俺は一生生きていくんだ。関村というハゲ、土門というチンパンジー、嫌でも覚えちまってる。とにかく、とにかく俺はいつだって、ここから一刻も早く脱け出さないと本当に狂ってしまうぜと、自分の頭を殴りながらも思っていたんだ。

ZERO

無。ゼロからの出発。虚無。虚夢……虚無的な生き方——0。

chapter 1

あの日は少し肌寒い十月だった。俺はいよいよやばくなって、早朝、母の車に乗せられ県内の大きな病院へ向かった。昨日まで出勤していたのに不思議なもんだ。確か堤防近くの細い路地を通ってきたと思うのだが、到着後の記憶は曖昧ではっきりとは覚えていない。さすがにまだロボトミーはされてないはずだが。でもちゃんと覚えてることもある。車椅子に乗せられたこと、そして、ケツに注射をされたことだ。パンツを下ろされて生ケツに注射。こんな経験、後にも先にもこの時だけだ。

母は準備のいい人で、パジャマやタオル、洗面用具類はすでに一通り持ってきてたよ。ヤんなるぜまったく。これはピクニックでも修学旅行でもない。

少し落ち着いてきた。ケツの注射が効いてきたらしい。俺は生まれて初めて、体内に流し込まれた液体でコントロールされたのだ。その液体にどんなハイクオリティな成分が含まれているのか知らないが、なんとなく涼風に顔が包まれたような気がして視界が徐々に明確になった。

俺は個室だった。室内にはベッド、テレビの他、洋服ダンスや手洗い場があった。専用トイレもあるが、なんだ、シャワー付きじゃねえのかよ。スマホの充電器は没収された。小窓はあるが、時計や鏡はなくカーテンレールやフックもない。なるほどそうきたか。俺だってそれぐらいの思考能力はギリ残っている。

母はまだ途中だった手続きを済ませに室を出ていった。その時はもう涙は止まってたよ。

「母さん、終わったらはよ戻ってきてな。そのまま家帰らんといてな」

「はいはい、その代わりおとなしいしときよ、絶対危ないことしたらあかんでよ」

こんな会話、まるで小学生相手だな。危ないことって何だろ。母の心配をよそに、俺はまた顔をひっかいたり頭を殴ったりした。


外はポツポツとそぼ降っている。暑くもなく寒くもない。俺たちを嘲笑（あざわら）っているかのような空調のフーンという音が、ここにいる総（すべ）ての患者を整えているのかもしれない。

「あいつは俺と同じかな――あの人はわりと元気そうに笑ってたからなんか別の病気なんだろうな」母が戻ってくるまで、見慣れない天井を見上げながらどうでもいい推理を働かせた。

今日から、ここで俺は未知の生活（くらし）を始める。俺はこれまで一度も入院というものをしたことがなかったから、ここに来れば少しは慰安できると思っていた。でもすぐに気付いた。それは大きな間違いだとね。世界中の金をくれるって言われても絶対あの日には戻りたくない。それぐらいキツかったよ。ホットチョコレートを持って現れた母の目は、また少し赤くなっていた。

2

「夢」という単語を辞書で調べてみる。

①睡眠中にもつ幻覚。
②はかない、頼みがたいもののたとえ。
③空想的な願望。心のまよい。
④将来実現したい願い。理想。

これらの意味からわかるように、なんとなく寂しさを感じる上、あまり晴れやかな印象は受けない。けど実際そうだろうな。「私は将来ケーキ屋さんになりたいです」「僕は甲子園に出てプロ野球選手になるのが夢です」この幼き頃の宣言通りに、その後の人生を歩んでいる人間てのは果たして何%ぐらいなんだろう。その不思議な魔力に骨の髄まで侵食され、中には残酷な運命に翻弄される者も少なからずいる。みんな何かしらあったよな。可愛げってのはこういうところから育まれるもんだ。

ただそんな夢ってやつは、良くも悪くもそいつの人生をだ、「普通」から逸らすエネルギーを多分に孕んでいる。因果律に照らし合わせてもそれは明らかであろう。そして夢が「叶う者」と、「叶わないで終わる者」に分かれる瞬間、その分岐点が、この世で最も酷薄な起点に相違ない。あなたはどっちかな？　せえので一緒に言ってみよっか。

俺は終わった方だ。だからその二手の道の、より厳しい現実の道を歩むようになったんだ。因果応報と云うのか、信じたくなかったさ。でも音楽の世界でビッグになるっていう夢は、永ちゃんみたいに強い人間でないとそう易々とは叶わない。あ、うん、俺も永ちゃんみたいになりたくてね。夢と野心を持って田舎飛び出したってわけよ。

ミュージシャン志望の奴って、今世の中にどれくらいいるんだろう。想像もつかないけど、きっと凄い数なんだろうな。プレスリーになろうとしたビートルズ。やっぱりビートルズの出現が、全世界のロックキッズの心に火を点けたよね。リッケンバッカー、俺も欲しかったぜ。

そんな彼らにど真ん中を射貫かれたのが矢沢永吉だ。広島の田舎から〝ビートルズみたいなスターになる〟という夢を持って、夜汽車に乗って上京したという話は、ファンなら誰しも知っている。

俺もそんな風に勝負に出たわけよ。おおよそ見当もついているかもしれないが、高校も中退してね。今でも忘れない、八月の暮れだった。暑かった。学校はちょうど夏休み明けでさ、クラスメイトはみんな高校生活最後の文化祭の準備をしていたんだ。俺はしばらく行ってなかったけど、そこへ突然、金髪で現れて「今日で俺学校やめるわ」こう宣言してほんとにやめたんだ。先生も半ばあっけにとられた感じでおかしかったな。「ほなまあ、とりあえず気ぃつけてな……」もうそんなことしか言えないって顔だったぜ。帰りの原付が気持ち良かった。禁断の扉をこじ開けたっていう幸福感が俺を完全に支配してたよ。

その日の晩、別の高校に通ってる一つ年下の彼女と最後のＳＥＸをした。思い残すことがないようしっかり乳房にしゃぶりつき、ペニスを銜えてもらい、腰を振った。後戯も終わった後で、彼女は俺のマルボロを横取りしつつ「来月ＵＳＪ行かん？」と言った。俺は適当に返事をし、もう会うつもりもないくせに「じゃあまたな」と言って今度は原付に跨ったんだ。

帰宅し、鼻の下に残る彼女の唾液のにおいを感じながら、改めて財布の中身を確認した。バイトで貯めた金を見つめ悦に入った。あれだけ反対していた母ももう諦めているから滑稽だぜ。

「明日だ……」

その一週間後ぐらいかな、彼女からメールが届いたのは。見てどうなるもんでもないから、開くことなく削除したよ。あの日の俺にはもう前しか見えなかった。

3

東京に降り立った。その感動は麻薬の如く、今も俺の細胞の中に溶け込んでいる。何にもまだ始めてないのに、もうすでに自分は大きな事を成し遂げたような尊大な気分になってたよ。

「東京だ」

なんでこんなにタクシーが走ってるんだ。地元じゃ見たことない。田舎じゃタクシーってのは電話でわざわざ呼ぶもんだもん、手ぇ挙げて乗ってる奴なんてほぼ見ない。

まず渋谷と新宿を歩いてみた。高校の修学旅行でも寄ったはずだけど、こんなに人がいるんだな。そんでおもしろいのが、都会ってのは知らない奴が急に話しかけてくるんだよ、やたら。「私この近くで美容師をしてるんですが、カットモデルとかっていかがですか?」「大学生を対象にアンケートを取ってるんですが、お兄さん携帯はどちらの会社のを使ってますか?」みたいなさ。

「へえ、都会ってのはこうなんだな」

田舎もんからすると何か妙な気分になるんだ。そびえ立つ高層ビルも、じきに何にも感じなくなるのかな。

そうだ、東京に来たら誰か有名人に会えるかなあと思ってたけど、すぐに遭遇したよ。海外の超人気格闘家だ。随分遠くからこっちに向かって歩いてくるけど、どう見ても普通じゃないぐらいデカかった。隣に護衛みたいなのがついてたけど、比じゃなかったね。

「やっぱり俺は東京にいるんだな」

うん、いい感じだ。

「もうじき俺も」

うん、いい感じだ！

俺は目黒区にあるアパートで一人暮らしを始めた。家賃三・五万円の風呂（ふろ）なし物件。トイレは室内にあったけどさ、アンテナがなかったからテレビが観られなかった。壁も薄かったし、ギターを弾くのにも結構神経使ったよ。でも原付を無料で置かせてくれたことは良かったな。

アルバイトもいろいろやった。台湾料理屋、ファストフード店、建築系、雑貨屋、ほんといろいろ。結婚式場のバイトは一日で辞めたよ。ラーメン屋も、一人とてつもなく嫌いな奴がいてさ、それも三カ月くらいかな。歌舞伎町のホストも一日体験入店ってのをやってみたけど、ああいうノリ、テンション、俺には合わなかった。六本木のショーパブも似た感じだった。ショータイムになると、野郎全員でアゲアゲなんちゃらってやつを踊るんだ、スッポンポンで。バカだ。

二十一歳ぐらいまで職を転々としてたけど、その後青山にある焼肉屋に落ち着いてね、長く世話になったよ。これについてはまた後でゆっくり話すとするか。

俺はボイストレーニングスクールに通いながら、念願だった音楽ライフをスタートさせた。まずは基礎の発声練習だ。「アー」とか「ウー」とか、うんうん、テレビや音楽雑誌で見た通りだ。ソルフェージュもやったりね、教育受けてるって感じ? 初めてブースに入った時はちょっと感動した。でっかいミキサーがあってさ、ぶ厚い扉の向こうにSONYのMDR－CD900STがブラ下がってる。モニター越しで担当の曽根先生と意思疎通しながら、玉置浩二の「しあわせのランプ」を歌ったんだ。俺の大好きな曲。ヘッドフォンを両手で軽く押さえ、吊られたコンデンサーマイクに向かって「しあーわーせにー」。まさにミュージシャンって感じだ。ほんと、夢に向かって歩いている実感がリアルに溢(あふ)れて、幸せだった。

俺高一の時、三カ月ほど不登校だったんだ。理由は特にないけど、なんか雰囲気に馴染(なじ)めなくてさ。その時にギターで遊んでたんだ。暇つぶしには最高のおもちゃだ。物置でホコリ被ってた親父のギターひっぱり出して、はじめはチューニングすらよくわからない。それでも夢中になって練習したよ。

ギターに手を伸ばしたキッカケってのもある。中学三年の卒業間近、もうすぐ卒業する三年生のみんなへっていう体(てい)の校内行事があってさ。それにサプライズゲストで元XJAPAN(当時)のトシが歌いに来たんだ。以前からファンだった俺は感激したよ。ギターやピアノでの弾き語りで優しいソロのオリジナルソングを披露してくれてね、聴き入ったもんな。小中学校と下手なりに野球をやってたけど、もう高校じゃあ部活はしないつもりだった。「ギターを演るってのもおもしろそうだな」——これが俺の音楽への入り口だ。大切な思い出。

4

入院初日、俺の限られた冷静さの中で覚えていることと言えば、食堂でカッパみたいなおっさんにこう言われたんだ。

「兄ちゃん、そんな男前やのになに悩むことあるん？」

〝人間〟の悩みってのは非常に複雑なんだってこと、カッパには永遠にわかりっこない。

意外と若い患者が多かったな。男も女も、やや女っぽい男も、いろいろ苦悩を抱え生きている。ただ一人としてかわいい娘はいなかった。まあ仮にいたとしてもあの精神状態だ、アソコがおっ勃つかどうかはわからない。

みんな似たような目をしてた。電池の切れかけた玩具のような感じさ。幸福とか不幸とか、そんな概念は彼らの中にはもうとっくに消え失せているのかもしれない。ヨレヨレのパジャマの袖を噛み続けることしかあの婆さんには能がない。

「草原の輝き」って映画がある。ざっくり言うと恋だなんだに病んでしまったナタリー・ウッドが、精神科病院に入院しちゃうって話だ。劇中の病院はとても開放的なイメージだが、ここは全然違う。さっきも言ったように、ナタリー・ウッドみたいな女どこ見たっていないんだよ。男前の俺に釣り合う女は当然それなりのレベルが必要なんだ。ただ俺も、ウォーレン・ベイティとはほど遠い人相してただろうからこれ以上言うのは控えておくよ。

医師の土方（ひじかた）は相変わらず落ち着いた口調で俺をなだめる。眼鏡（めがね）の向こうの瞳はいつも眠そうなのが特徴だ。はじめに俺がここへ運び込まれて車椅子に乗せられた時、ピロピロと男の声がしてたな。

「ヤブキサン、ヤブキサン、私、わかりますか？　もう大丈夫ですよ、ゆっくり呼吸しましょうね」蚊の涙ほど、耳にこだましていた声はそんな風なこと言ってたってよ。

土方が俺をどう治すのか、皆目（かいもく）見当がつかない。でももう誰がどうしようとどうでも良かった。とりあえず俺を楽にしてくれ。楽になれるなら死んでもいいくらいだ、ほんと。

患者の中に一人だけ、実は知ってる奴がいたんだ。小学生の時、朝の集団登校で同じ班だった森岡という男。なんて皮肉な巡り合わせだろ。知ってる奴がいるって、場所が場所だけに頗（すこぶ）

るうっとうしいぜ。歳は四つ下で、奴さん、当時も今も雪見大福のような顔してたからすぐピンときた。子供時代の歳の差四つというのはかなり隔たりがあるもので、特別仲良く話した記憶はない。森岡は俺のことを全然覚えていない様子だが、俺は、結構彼を覚えていたんだ。なぜなら、よく泣いてる奴だったから。何に不満があるのか、癇癪起こして泣いたり拗ねたり叫んだり。

当時、一度班のみんなで登校前に神社でかくれんぼをしたんだ。森岡だけ、いつまで経っても見つからなくてさ。あいつ一人でもう先に学校行ったんじゃない？　ってなって、結局みんな捜すのをやめて登校したんだ。でも学校には来ていなかった。先生と一緒に戻って捜したら、納屋の奥の方に隠れてたんだ。意地になって目を真っ赤に腫らしてさ、鬼のように怒って拗ねてたよ。そんで少しはほっとしたのか、これまたヒステリックにギャンギャン泣き出してね。

「もうみんな嫌いや！　大っ嫌いや！

おれゼッタイ許さんけんな！

親に言うたるけんな！」

その後先生が代わりに謝ってくれたみたいで、向こうの両親も理解してくれたんだろう、俺たち当事者がどうこうすることはなく終わった。

そんなこんなで、森岡のことは覚えていた。

「大人になった森岡坊や」――変な感じだ。まさかこんな所で再会するとはな。俺、こいつのことずっと変わった奴だという印象だった。変。だがもう俺にそんなこと言う資格はなくなったわけだ。


森岡とカッパはよく一緒にいたな。食堂にあるテレビを二人並んで観ていたり、なにか作業する時もよくペアになっていた。入院まもない頃、俺が一人で食堂のテーブルについていた時、後から二人が来て向かいに座ったんだ。俺その時かなり不安定でね、テーブルに頭突きしたり頭部を殴ったりしてたんだ。そしたら二人が声をかけてきてさ、先輩面しながら。

「コラコラ君、そんなんしたらアカンよ。どしたん？　先生呼んでこよか？」

「別になんでもない……」

「なんか話あったら聞くよ。でも頭叩いたらアカンよ。手ぇも頭も痛いやろ」

思いのほか結構森岡の方がグイグイくるんだわ、しかもタメ口で。ムカツクよな、あの森岡坊やが俺に説教タレてんだからな。カッパは頬杖（ほおづえ）をついたまま「まあ、そんな時もあるわい、ボチボチいき」って、屁（へ）の河童（かっぱ）の如く口にしてたよ。

森岡とカッパは何で入院してんだろう。二人ともわりと落ち着いている様子だ。あとここにどれくらいいるんだろう。じきに俺も、こいつらみたいに落ち着きを取り戻せる日が来るのか。

いろいろ訊きたかったけど、長くなるとうっとうしいからやめたよ。少し腹が減ってきたな。

5

わかってはいたけど、東京ってのはほんと人が多いな。満員電車なんて初めての経験だ。扉に張りつくほど押し込まれた中じゃ息をするのも気を遣う。酒臭い奴や元来口の臭いオヤジと肌を寄せ合うとなると地獄もんだった。

「東京の人になる」――長渕剛の歌にあるように、俺も東京の人になるため、必死に背伸びしてたよ。せっせせっせとね。俺の標準語おかしくないかい？

上京して半年ぐらい経ってからバンドを組んだ。メンバーは全員ネットの掲示板で出会ったフリーターの男たち。バンド名はガイル。「ストリートファイターⅡ」のキャラからそのまま付いた。ボーカルの俺含めて五人組、俺が一番若かったよ。最初の頃はコピー曲で活動していた。レッド・ツェッペリン、ガンズ・アンド・ローゼズ、オアシス、邦楽バンドだとＸ、ＧＬＡＹ、エルレガーデンとか演ってたな。

ギターはアキラとレミー。リードギターのアキラはメンバーで唯一彼女がいて基本ヘラヘラした奴。レミーはツンと尖(とんが)った鼻が特徴の痩(や)せ男で、殊にGLAYを崇拝していた。

ドラムはセイヤ。メンバー内で唯一非喫煙者で、見た目も考え方もきちんとしていたマジメな奴だった。時々トートバッグから中原中也の詩集を出して、一人静かに読んでる姿が印象的だったね。

ベース兼リーダーがゴウ。俺と同じで、高校を中退して音楽で成功することを夢見ていた。だから一番ウマが合ったよ。よく二人で呑んだし、バンドの方向性のことなども熱く語り合った。彼が住む府中市の風俗にも何度か一緒に行ったっけ。お互い同じ時間に同じ60分コースで入って、終わった後互いの女やプレイなど感想をホヤホヤで言い合うんだ。それが楽しかった。

「洋平、あの嬢(コ)生でヤらせてくれたよ！」

「マジで⁉　じゃあ今度その嬢(コ)指名するわ」

「もうちょい胸があったら最高だったけどなあ、でも悪くないぜ」

「いいいい、気にしないよ。差し入れちょっと奮発するかな」

若さを楽しんでたよ。

ライブ活動はもちろん、コンテストやオーディションにもよく出ていた。やる気と魂は絶倫だ。みんなそれなりに意気込んでおめかししてさ、アキラはたまに彼女をお客さんに呼んでたよ。エルレの「ミッシング」は彼女もとても気に入ってくれた。

俺はいつでも全力だった。別にバンドで拾われなくてもいい。ボーカルのアイツはなんか華があるなあ、それで誰かレコード会社の人間から声かけられないかなあ――ずっとそんなことを考えていた。

けれど実際、一度声をかけられたことがある。俺だけだ。とあるライブイベントにガイルとしてではなく俺がソロで出演したんだ、ギターの弾き語りで。かつて俺が感銘を受けたトシのように、しっとり、気持ちを込めて歌い上げた。そんな俺のステージを観て声をかけてきたのが播磨(はりま)さんだ。自分の番が終わり、客席で他の演者のパフォーマンスを観ていた時、

「とても良かったですよ。私、矢吹さんに興味持ちました。これ名刺です、いつでも連絡ください。ゆっくり話しましょう」

「あっ、ありがとうございます！　はいっ、よろしくお願いします」

名刺を見ればタクビーと書いてある。タクビー、天下のＭＡＰｓがいるレコード会社じゃねえか。テンション爆上がりよ。「播磨さんはタクビーのプロデューサーなんだな！」

翌日すぐ電話した。

「ああ洋平くん、電話ありがとう。じゃあ来週会社へ来てくれますか？　その際昨日渡した名刺も一緒に持ってきてください。警備の人にそれを見せたら中へ入れるから、んじゃよろしく

う」――うん、首尾よく事が進んでるぞ。

その当時、タクビーエンタテインメント株式会社は、港区〝有頂天ヒルズ〟の31Fにあったんだ。社員だけが通るのを許されたゲートがあって、そこに警備員が立っている。俺は持ってきた名刺を見せ「約束を取り付けてまして」そう言うと、ではどうぞってゲートの向こうへ誘導されたんだ。ドキドキしたよマジで。それからエレベーターで31Fへ。まさにサクセスストーリーの階段を一気にワープしてるような感覚さ。一緒に乗ってる人はみなカチッとしたスーツを着用している。俺はTシャツにジーパン、おまけに髪は金髪だ。展望エレベーターになっていて、31Fまで来ると東京の景色が一望できる。

「俺はこれから、もう一枚扉を開けにいくんだ……」

その時の感情、昂奮、未だに忘れないよ。

「デビューのキッカケ掴(つか)んだゾ！」――それぐらい思ってたさ。

播磨さんとは簡単な話をしただけで、たぶん一時間もしないで帰ったよ。でも気分は最高潮だ。他のメンバーにはこのことは内緒にして一人楽しんだ。これは俺に来た話だ、俺の手柄だ、こう思っていたから。「俺とおまえらじゃ夢のデカさが違うんだよ」エゴと一緒くたにされちゃ困る！
ガイルは、その後オリジナル曲を数曲つくって、渋谷や新宿、目黒で何本かライブを演った。けどほんの一年ぐらいで解散したよ。別に大した理由なんてない。よくある方向性の違いかな。ただ最後にちょっとした問題が発生した。解散は仕方ないが、ライブがまだ1本残っていたんだ。チケットノルマが１５００円×20枚。直前だったせいでキャンセル料は１００％の３万円、一人当たり６０００円。そんで、そのライブハウスの一番近所に住んでいたのが俺だったから、とりあえず一旦俺が全額払いに行ったんだ。無論あとから徴収する。だがちゃんと返してくれたのはゴウとセイヤだけ、アキラとレミーはばっくれたよ。その後一切電話も出ず音信不通になった。まだ俺も若かったから、こういう成行きは予測していなかった。最低だよな。結局二人の分は一番年下の俺が持ったよ。低能野郎どもめ。高い授業料だぜ。

それからしばらく、俺はソロアーティストとして活動した。ボイトレスクールにも通って発声練習も続けたよ。はじめの頃は眼鏡にキャスケットの曽根先生に教わった。二年が過ぎ曽根先生退職後は、日焼け顔の牧野先生に代わった。二人とも男の先生。厳しいことも言われたけど良い先生だったよ。特に牧野先生とは「アー」のロングトーン、これを安定して発声するトレーニングを二年も続けた。発声の基礎中の基礎ロングトーン。相当地味な練習だったけど、よく愚痴も言わずやったよな、偉いぞ。

　播磨さんとはあれからメールでやり取りしたり数回会ったりした。でも播磨さん、タクビー辞めていたんだ。その後どういうことやっていたのかはよく知らない。最後に会ったのは、播磨さんに誘われて横浜で一緒に修斗ボクシングの試合を観戦した時だ。確か桜井〝マッハ〟速人が出ていた。

　これ以降、今日に至るまで一度も会っていない。連絡先も変わってるから元気かどうかもわからない。もうちょっとでデビューできると思っていた俺のスケベ心は、捕(と)らぬ狸(たぬき)の皮算用で、虚しいリタルダンドののちｆｉｎｅ(フィーネ)した。

6

　夜がくるのが怖い。なぜなら眠れないからだ。はじめの頃は壁を蹴って気を散らしていたけど、夜勤の看護師がいちいち室(へや)に入ってくるからウザったくてしょうがなかった。眠れないことがどんなにつらいか、それはなってみないとほんとわからないと思う。マーティン・スコセッシ監督の「タクシードライバー」という映画はまさにそれだ。不眠症に悩むベトナム戦争帰還兵トラヴィス（ロバート・デ・ニーロ）が、眠れない夜を紛らすために、ニューヨークで深夜のタクシードライバーを始める。日々のフラストレーションで心は荒み、その後だんだんＣＲＡＺＹになって、モヒカンにしてギャングを撃ちまくるって話だ、ざっと言うとね。

いかれちまうよマジで。テレビも一切観る気がしない。その辺を二、三往復徘徊しても十五分も経っちゃいない。〇・九三秒で眠れるのび太くんが羨ましいぜ。けど寝られないからと言ってマスターベーションする気も起こらないのが不思議だ。この病気はそんな欲すら奪っていくのか。俺も通常成人男性の頻度ぐらいはやっていたのに、ここへ来て以降オナることは最後までなかった。夢精することも一度もなかった。人体の不思議を身を以て体験したわけだな。


森岡とカッパ以外にもキャラの濃い奴は何人もいた。はじめに名を出したハゲの関村とチンパンジー土門は筆頭だ。

ハゲの関村は平べったい魚みたいな顔をした初老男で、何かにつけて絡んでくるんだ。総ての患者の中で群を抜いて嫌いだった。俺が一人でベンチに座っていたらわざわざ傍に寄ってきて話しかけるんだ。最初は話ぐらいは聞いてやってたが、だんだんと本気で気持ち悪くなってきて意識的に避けるようにしたよ。そしたら付いてくるんだよ、もう勘弁してくれ……。

「夕飯のデザート、ロールケーキらしいよ」「今日結構寒いなあ、風邪ひかれんでよ」「困ったことあったら看護師に言いよ」——困ったこと、おまえだわ！　おまえに心底困ってんだよ。一度あんまりウザかったから面と向かって言ったんだ。

「てめえよく聞け、もう寄ってくんなタコ」そしたら真っ赤に、ほんとのタコみたいになって怒ってさ、そんで泣き出したからさあ大変。看護師が何人かやって来て「何があったん？」って。もう説明すんのもアホくさいわ。関村、俺のこと好きだったらしい。もう一度言う、勘弁してくれ……。


チンパンジー土門はその名の通り、見た目がチンパンジーみたいなおっさん。土門はとにかく俺のことが気に入らないらしく（関村の逆だな）、いちいち喧嘩をふっかけてくる。ちょっと目が合ったとか、足がぶつかったとかで何やコラァとなる。関村とは種類の違うウザさだ。食堂のテレビで時代劇が流れていたら高確率で土門は観てる。腕組みスタイルでいつも真剣なまなざしだ。

ある時、そんな真剣に観ている土門の前を何気なく横切った。良いシーンがその瞬間流れていたのか知らないが、また俺に詰め寄ってきた。

「オイコラァ、何か文句でもあるんかガキィ、よう、やるんか」

こいつがここに入院している理由はおおよそ察しがついた。猿だ。うっとうしい猿だよ。てめえなんざクソくらえだ！　母が面会に来た時、さすがに土門のことは話した。もし母を、俺の親ってあいつが知ったら怖いもんな。母にまで因縁つけられたら我慢ならないし。あんま調子こいてると、俺がてめえをやっちまうぜ？

ただ土門にも時々面会の人が来ていた。おそらく嫁さんであろう女が。そしたらさ、ジュースでも飲みながら笑って話してんだよ。

「へえ、あいつもあんな顔するんだな」

普通の人間の顔だったよ。

人はみな、仮に少数だとしてもだ、誰かを愛し誰かに愛されている。ここにいる奴らだって例外ではない。どんなにぶっとんでいたとしても、彼らの帰りを待っている家族が居もする。俺はいつまで続くかわからない地獄の入院生活の果てを、ほんの少しだけ思案し、むず痒(がゆ)い気持ちになった。

さて、あんまりのんびりしているとまた絡まれそうだから一旦室(へや)に戻るよ。

「You talkin' to me?」

7

上京から数年が経っていた。自分の未来計画では、この年齢になるともう既に表舞台に出てスポットライトを浴びているはずだったよ。

おもしろい友達は何人かできた。ライブをきっかけに仲良くなった人、バイト先で知り合った人、いろいろだ。中でもミュージシャンのジュンタさん、ハマちゃんという素敵な友人に巡り会えた。この二人の名前は今後も出てくると思うよ。

曲者(くせもの)も何人かいたけどね。友達のように親しくなったと思えば、実はねずみ講の勧誘目的だったとかさ。時間の無駄だぜ。

でも一番の友達は、今も昔も変わらない。〝たんちゃん〟だ。たんちゃんとは幼稚園の頃からの付き合いで、彼は大学進学の為、俺の少し後に上京してきたんだ。いい奴でさ、俺のライブにもよく来てくれたし、呑みに行ったりドライブしたり。

運転免許は、彼と一緒に都内の教習所に通って取ったんだ。一人若くてかわいい教官がいてね、結構マジで惚(ほ)れてしまった。路上教習の時に担当が当たると、まるでデートしてるみたいに楽しかったよ。たんちゃんに話していろいろ策を練った。卒業間近、彼は俺のために告白の場を段取りしてくれ、俺は感謝しつつ、手に汗を握る思いで気持ちを伝えた。結果はフラれちゃったけどね、でも後に残ったのはフラれた哀しみではなく愉悦の情だった。その晩、たんちゃんに馬場でラーメンを御馳走になったよ。

田舎者にとって東京の生活はやっぱストレス溜まることも多いんだ。そんな時、たんちゃんが近くにいてくれたことはとても心強かったし癒しでもあった。のちに、俺が体調に異変を感じた時も一番に相談したのは彼だから。とにかく俺にとって、たんちゃんはかけがえのない存在、つまり「親友」なんだ。彼も同じように思ってくれていたら嬉しいなあ。

異性交流に絞れば三人の女と付き合った。内二人はバイト先で知り合った女、もう一人はボイトレスクールで。が、これといった思い出はない。ただSEXをする相手、申し訳ないがそんな感じだった。

スクールで出会った娘はもちろん俺と同じような夢を持ってそこに通っていた。同じ夢を持っていたという点では相性が良かったと思う。一度赤レンガ倉庫へデートで訪れた際、互いにステージで身に着ける揃いのアクセサリーを購入した。日が沈む中、二人影を並べてキスをしたっけ。

でも俺と別れてすぐ、彼女はスクールもやめちゃったよ。夢を諦めたのか、担当の先生と合わなかったのか、それとも俺と会うのが嫌だったのか。真相はわからないけど、今彼女は結婚して子供も二人いるママだ。ＳＮＳで見つけちゃったんだ。「知り合いかも？」って、まだ繋がっていないユーザーとして俺のページに流れてきてさ。（あれ大きなお世話だよな）——シアワセそうだよ、元気でな。

ソロで弾き語る曲は大抵オリジナルソングだ。ボロアパートの部屋でギターで作曲していた。壁が薄いからなるべく夜は控えながらね。「旅立ちの前に」——絶対将来支持される俺の楽曲はここで誕生したんだ！　このアパート、遍く知れたるマンガ家が巣立ったトキワ荘みたいになるんじゃないか、そう思うと楽しかった。

風呂なしアパートだったから夏は嫌いだった。すぐ汗で臭くなる。クーラーもはじめのうちは無かったんだ。ある年の夏、史上類を見ないような異常な暑さで全国的に熱中症による死者が続出した。猛暑日って言葉も定着したぐらい。その時は俺もヤバかったね。冷蔵庫に頭突っ込んでたもん。さしずめ我慢も限界で買ったよ、クーラー。窓枠に取り付けるタイプのやつをさ。四万五千円、苦しい出費だったが命は助かったぜ。
銭湯やコインシャワーはどうしてもお金がかかる。だから行くのは週二、三回で、それ以外の日は頭だけ流しに突っ込んで洗髪していた。ガスは契約してなかったから真水だったけど、広いシンクだったおかげで夏場はそこにドンと上がって躰も洗ってたよ。シルバーのボウルを洗面器代わりに使ってさ。

ただし女の子連れ込んでヤる時は、さすがにちょっと申し訳ない気持ちになるね。ロシア人と付き合った時、絶対シャワー浴びてからじゃないとイヤって娘(こ)でさ、家からわざわざホテルへ行ってヤったよ。だから半同棲なんかも、ウチじゃ一度も経験ないんだ。

この辺でバイト先の焼肉屋の話をしようか。六年ぐらい世話になったかな。掛け持ちもしてたから途中フェードアウトしたこともあったけど、なんだかんだ舞い戻っては働いてたよ。ちょいちょい顔出すクソみたいな社長は例外として、一緒に働いてる現場のメンバーは良かった。料理長のカッキーさん、話し好きな斉木さん（みんなお父さんと呼んでいた）、猥談(わいだん)でいつも盛り上がる浩介さん、ダンサーの詩織ちゃん。みんなとウマが合ったから長く続いたんだろうな。

店は青山にあり、近辺の広告会社やテレビ局の社員が客で来ていた。領収書によく書いたな。テレビ番組の若いADみたいな客が大勢来た時、かなりスッパイにおいが漂っていたのをまだ覚えてる。家帰ってないんだなあってね。

カッキーさんやお父さんとは時々呑みにも行ったよ。カラオケ行ったり朝までキャバクラで楽しんだりね。カッキーさんはイーグルスの「デスペラード」、お父さんは浜田省吾の「悲しみは雪のように」を、いつも歌ってたっけ。

浩介さんは結婚相手をずっと探してた。新しく付き合い始めた彼女を親はあんまし気に入ってないからどうしようとか、そんな話をよくしたな。リカって女と付き合ってた時はもうノロケまくりでさ。ルックス、性格良し、食の趣味も合うし最高だって嬉しそうに俺に話してたよ。俺もそういう話は好きだから楽しかった。けれど結局、リカも親のお気に召さなかったみたいでゴールインはならなかったな。随分こたえたみたいでしばらく元気なかったよ。

詩織ちゃんは同い年の女の子で、同じエンターテイメントの世界で活動している娘(こ)だったから話をしていても気が合った。一時、有名な芸能事務所にも所属しており、なんで辞めたのかは詳しく知らないけど、バイトで貯めたお金でロサンゼルスへ行ったよ。すごいよな、今も国内外で舞台を中心に踊ってるらしい。

結構忙しい店だったよ。場所がら有名人の来店も折々あった。「北の国から」俳優が食べに来た時は嬉しくてサインもらったよ。

賄(まかな)いでもよく肉を食わせてくれた。みすじやいちぼなんて、自分の懐じゃ手が出ないもん。余った白米も家に持って帰ってたから食費の面は助かった。

お父さんはいつも優しかったけど、カッキーさんは料理長だったし厳しいことも多々言われたよ。俺は開店前、仕込みも手伝っててね。もやしの根っこ掃除とかセンマイの皮剥（む）いたり、仕事が遅いと怒られることだってあった。でも俺の能力はちゃんと評価してくれていたから、厳しくもついていこうって思えたね。

もう辞めて何年も経つけど、四人とは今でも連絡を取り合ってるよ。浩介さんはついに結婚して子供ももうすぐ生まれるらしい。お父さんはひとり息子が今年大学受験で、浪人を考えてるみたいなんだよって、妙な顔文字入りのラインがきていた。

俺が一番長く在籍した思い出の焼肉屋は、そんな人たちがいるおもしろい職場だったよ。

8

俳優ロバート・レッドフォードが監督した映画「普通の人々」は彼の処女監督作でさ、このデビュー作でいきなりオスカーを獲得したんだ。母に溺愛（できあい）された長男の事故死をキッカケに、次男は精神を病み、家族の信頼関係も破綻（はたん）していくって内容だ。こういったテーマの映画はいくつも存在するが、この作品がとりわけリアルな感じだ。医師とのカウンセリングも、俺もあんな様子で受けていたと思う。パッヘルベルのカノンが、揺れる心にまるで染み渡るように聴こえるんだ。

「カッコーの巣の上で」はさらに著名な映画だ。あらすじは刑務所に送られるのを拒否したジャック・ニコルソンが、ＣＲＡＺＹを装って精神科病院に入り無茶苦茶するっていうね。本作でのニコルソンの反逆反骨の演技は、史上最も優れた演技とも評されているらしい。だがストーリー自体は娯楽性を重視したエンタメ映画になっていて、実際俺が体験した入院生活とは程遠い。ナース長の目を盗んで外出したり、深夜に酒盛したり、そんなのはありえない。難攻不落の要塞、もうガチガチよ。何もかも監視の下(もと)で俺たち患者は行動を制限されていたから、みんなで釣りに出かけるなんて夢物語だ。でもこの作品を観るととても勇気が湧いてくる。彼を真似してプロパガンダ的アンチヒーローに……なんてさ。今もそう、俺はこの映画好きだね。

事実、そんな映画に登場してくるようなキャストで彩られている部分もあった。土方先生はバーガー医師で、俺はコンラッドを演じていたのかもしれない。森岡やカッパ、関村や土門も何かの映画の誰かのようだった。映画じゃなくても何かの誰かがそこにいる。暗喩(メタファー)を超越した存在――。左を見れば杏子がいた。まるで深い谷底にひとりで坐っているかのような、寂しい表情の女が。右に向いたらば、直子がいる。キズキも、レイコもハツミもいる。ワタナベのような憂いを帯びた男だって。（あれ、もしかすると意外とエンターテイメントな場所なのかもしれない）

俺は俳優であり作家だ。演出家でもある。ここは精神科病院という名のスクリーン、そして舞台だ。

ここで生まれた物語が、いつの日か俺の「作品」になったら……。もしもそんなことになったら、きっと最強で最高におもしろい「作品」になるだろうな！

あ、でもあいつ、ホールデンは映画も俳優もインチキで大嫌いって言ってたっけ。ははっ。

9

俺は再びバンド活動を始めた。Ｒｏｃｋｅｔ Ｊｅｔというロックバンドにギターで加入したんだ。ガイルの時よりも本格的かつ精力的に動いたよ。メンバー全員それなりに腕も立ってるから足引っ張らないように必死だった。オリジナル曲もカッコ良かった。俺は一番最後にメンバーに加わっておまけに最年少だったから、発言権や決定権はあんまりなかったけどね。

ベースのジャンとドラムのモーリスはフランス人だった。そういや前にロシア人の女の子と付き合った話をしたけど、語学スクールに通うこの二人の界隈（かいわい）にいた女だった。Ｒｏｃｋｅｔ Ｊｅｔ切っての思い出は、なんと言ってもパリに行ってライブをしたことだ。もちろんジャンとモーリスの伝（つて）のおかげだ。二〇一二年十二月三十一日、大晦日のカウントダウンライブ……。


俺にとって人生初の海外だ。だからパスポートも初めて作ったよ、十年モノの赤いやつ。あれ作るの結構めんどくさいね。みんな気合い入ってたよ。ボーカルのケイタとはステージ衣装を新しく買いに行ったな。下北沢の古着屋で奴さんは紺のバンダナを、俺は灰色のシャツを買った。リードギターのタツヤとはお互い時間が合う時に、スタジオに入りギターパートを細かく練習した。

会場は「ＲＡＹ」というでかいところで、対バン（複数の出演者が入れ替わる形でステージに立ち、共演すること）もフランスの人気バンドが出るらしい。予想では満員。何かキッカケが生まれますようにと、メンバー全員祈っていたと思うよ。

これと同じ時期、激しい恋を経験した。俺はきっと、あの人を一生忘れないであろう。一目惚れなんて初めてだった。それぐらい、もう出会った瞬間に好きだと思った。

「南リョウコさん、ごめんなさい」

リョウコさんとは、俺が渋谷で路上ライブをした時に出会ったんだ。聴いてくれててね、とてもきれいな人だなと思って、終わった後に話しかけた。そしたら気さくな人で、話をしても感じのいい人だなって——連絡先交換して、仮面の裏でやったたって顔したぜ。単純にタイプだった。「クレヨンしんちゃん」のななこおねいさんみたいな感じ、清潔感のある少し年上の人。それからちょくちょくメールでやり取りをした。その後、渋谷で前回と同じシチュエーションで二度再会したけど、そこでは周囲を気にしてあんまり話さなかった。〝繋がってる〟という秘密の事実があることが、むしろ俺を余裕にし背徳感で気持ち良くさせたよ。ちなみに路上ライブは個人的にしばしば演ったけど、最も反応が良かったのは都内ではなく仙台の駅前アーケードで演った時だよ。仙台、だから好きな街だ。

一カ月後ぐらいかな、お互い休みの日に初めてデートした。待ち合わせして三軒茶屋の黒豚が人気の店に行ったよ。そこでたぶん三時間弱、食事しいっぱい話をしたと思う。リョウコさんも笑ってた。ただお酒呑んでたから、あまり話の中身は覚えていないんだ。でも一つだけ……

「私、相手の人がどんな仕事してるとか、どんな役職で地位がどうとか、一切興味ないんだあ」

確かこんなことを言ってたと思う。俺もバカだからさ、もう既に彼氏気分なわけよ。調子こいてるクソガキ、イタイ奴。楽しい思い出はそこで終わり。俺はブタだよ。黒豚じゃないただの豚。その後のことは大体わかるよね。ホテル行こうって言ったんだ。酔って覚えてないっつうのは最低の言い訳だから絶対言ったんだ、俺は言ったんだ！　初めてのデートで、最低だよ。俺、正直モテてた。だから今回もいけるだろって、ほんと調子こいてたんだ。豚以下だわ。

リョウコさんとはこれ一回きりで以後一度も会っていない。嫋やかで、優しい素敵な人だった。

「リョウコさん、ごめんなさい。もしいつか、ワタシの『作品』を目にすることがあっても、あなたにはきっと醜いものだと映るでしょう。本当にごめんなさい。ごめんなさい」

三茶は、それ以来トラウマの街と変わった。

パリでのライブは凄かった。超満員、千人は入っていたろう。こんな大勢の前で演奏するなんて初めてだったし、緊張したもんね。日本からはるばるやって来たバンドってことで、オーディエンスも一層あたたかく、そして盛り上がってくれた。「熱狂」——それぐらいウォーッって、みんな。アンプから耳をつんざくギターの歪み(ひず)は、今まで聴いたことのない快楽の音に変わってたよ。

ここでも一番人気は俺だった。前列の女ほとんどが俺にカメラを向けていた。終演後、ケイタも「みんなおまえ見てたな」って俺にボヤいたぜ、握手や写真のお願いもいっぱいさ。

打ち上げの席でリンって女と出会った。郊外に在住している台湾人だったけど、日本語も上手だったからよく喋った。顔も別に悪くない。彼女も俺に気があるのは在り在りとわかる。この地で出会う人みな、なかなか積極的なんだ。リン以外も結構グイグイくる。ステージで俺がワオッってなったら女もみんなワオッってなる。でもそんなのはどうでもいい。どの女を見てもリョウコさんには及ばない。ずっと俺の頭の中にいるんだ。

リンとヤったよ。朝までヤったよ。本場のフランス料理に加え、期せずしてデザートを無料(タダ)でいただいたわけだ。打ち上げが終わってさ、彼女最終のバスがなくなったとか言って俺が泊まってるホテルについてきたんだよ。大盛況のライブの後に美酒に酔い痴れ、異国の女とイッパッ――。若き日の思い出としてはグッドだ。SEXも気持ち良かった。けど、やっぱり寂しいんだ。リョウコさんへの罪悪感が俺をいけずに刺激する。

俺はリンを強く抱いた。舌を絡め合い、白い乳房を甘噛みした。リンは小刻みに震えながら俺の愛撫に酔っていた。モンゴロイドによく見られる蒙古斑が腰部に小さく、シールを貼ってるかのようにあったたっけ。あたたかく濡れたヴァギナに指先を当てると、リンはキスを求めた。異国人の唾液を再び交換し、そのまま耳や首、膣を舐めた。彼女のフェラチオで固くなったペニスを挿入すると、またキスをせがんできた。背面より対面を好んだ。「目を見たいから、キスがしたいから」――リンはそう言った。リンはキスが好きだった。唾液と同時に垂れ出るリビドー。膣との摩擦が思いのほか気持ち良く、座位で挿入したまま舌を絡め、予定より早く射精した。外の気温は氷点下。でも熱くなったリンの躰を抱き寄せ、俺はもうこの日に日本へ帰国することをやっと伝えた。

リンは泣きながら再び俺に抱きつき唇を重ねてきた。「帰らないでほしい」何度もそう言ったよ。俺たちはもう一度交わった。後で知ったんだが、リンも、いろいろ不安定な女の子だったみたい。もしかしたら、俺はまた人を傷付けたのかもしれない。リョウコさんを傷付けたように。

「リン、ごめんな」

けれど、もっと心からの本音を言うと「ああ、これがリョウコさんだったらなあ」だ。

やっぱり俺は醜い豚だ。


帰国後、日本は新年を迎えていた。スーパーは人で賑わい、幸せそうな顔がいくつもレジに並んでいた。俺は手巻き寿司を買いアパートに帰った。それを頬張りながらリンからのメールを見る。彼女とはあれからメールの世界で付き合っていた。俺に逢いたい、逢いに行ってもいい？ ――そうよく書いてたよ。それは二人だけしか知らない小箱に溜まるカタチなき手紙……俗なエロス。食後のタバコを燻らせつつ、当たり障りのない陳腐な返事を送りその世界を取り繕った。


でも半年ぐらいでそれも終わった。リンとも結局、今日まで一度も会っていない。きっと元気に、幸せになってるよな。

「リン、ごめんな」

テーブルの端、パリのコンドームがニヒルに横目を惑わした。

そんな折、俺は初めてノロウイルスに感染し、死ぬかと思うほどヤバかったんだ。すげない素振りの報いを受けたぜ。

10

徳島には二年に一度くらい帰っていた。親父の法要や幼馴染みの結婚式とかでね。毎回長居することはなかったが、故郷の風を浴びると、まるで携帯のバッテリーが徐々に増えてゆくかのような心地になる。

たんちゃんとは帰省時期が被ると地元でもやっぱり会っていた。ほんと彼といると落ち着くし、何にも気を遣うことがないからとにかく楽なんだ。〝教習所ロマンス〟も、呑みの席で他の友人たちに一部始終話し酒の肴（さかな）にした。たんちゃんは「洋平のポイントが上がることももっと言うとけば良かったな」と、ほんのり赤い顔で言い串を筒にチョンと入れた。

母もなんだかんだ、俺と会えるのが嬉しそうだった。いつもより早く仕事から帰宅し、美味（おい）しいごはんを拵（こしら）えてくれたよ。だが大人になってからの親子の付き合い方って、変な恥ずかしさがデリケートな俺の神経に絡んできてやや難しい面もある。特にウチは幼い頃から母子家庭だったもんで、なおさら気恥ずかしかったりする。このような感情の変化は、精神学、心理学的に、何かデータに裏付けされたものが既に公表されているんだろうか?

祖父母の家も車で十五分ぐらいのところだったし、帰ってくるたんびに顔を見せたよ。じいちゃんもばあちゃんも、叔母ちゃん(亡くなった父の妹良美)も喜んでくれる。父ががんで他界したのは俺が九歳の時だった。病気が見つかってから結構あっという間に死んじゃった印象だ。だから一層、祖父母は俺のことを大事に思ってくれたたし、俺も二人が好きだった。

殊にじいちゃんは〝男〟だったから。矢吹家は男が少なかった。

良美叔母ちゃんは独身だった。母には姉が一人。その伯母には俺のいとこにあたる娘が二人いるが、本人はとっくの昔に独り身になっていて、再婚もなさそうだ。母方の祖父は記憶として定着する前に、早くあの世へ逝ってしまった。俺はひとりっ子。だから親父が死んでから、男はじいちゃんと俺だけだった。

じいちゃんは花が好きな人だった。家の庭は全部じいちゃんが手入れしてたね、チューリップやあじさい、パンジーや百合(ゆり)など、きれいな花をいつも楽しそうに育てていた。そんな祖父を見るとなんだかかわいらしいと思ったし、愛しかった。押し花で作品なんかも作ったりしてたっけ。

そしてなにより、音楽が大好きな人だった。俺はじいちゃん似なんだな。小さい頃、よく尺八やフルートを居間で吹いていたよ。それに合わせて、へたに歌ったこともあったぜ。俺がギターを始めてからは音楽の話をよくするようになった。曲本とか、時に古い音楽雑誌を大量に譲ってくれたよ。ビー・ジーズのベストアルバムは今でも車で聴いている。加えて好奇心旺盛な人でさ、ｉＰｏｄやスマホがどういう代物なのか俺に質問してきたり、多種多彩な音を合成できる電子楽器、シンセサイザーにも興味を示したりと、なかなか粋な人だった。

俺が二十六歳の時、一度故郷のＣＤショップでインストアライブを演ったんだ。大々的に宣伝してくれてさ、地元の友人を中心に大勢の人が集まってくれた。もちろん母も来たし、祖父母、良美叔母ちゃんも来てくれた。じいちゃんは格別喜んでくれて、俺のパフォーマンスを観て、

「洋平があんな上手やなんてワシほんまびっくりしたわ、いやあ大したもんや」

こう言ってくれたよ。

「じいちゃんの孫やろ?」

「おおう、まちがいないワ」

何年か前の冬、じいちゃんと一緒に「神山温泉」に行ったんだ。成人後、二人で温泉に入るなんて初めてだったから、別(わ)けても思い出に深く残っている。それで印象的だったのが、祖父は露天風呂にはあまり入ろうとしなかった。俺はなんとなく不思議に思い「じいちゃん、露天風呂そんな好きちゃうん?」そう訊いた。すると祖父は「いや、そうやないんやけど今日だいぶ寒いやろ? こんだけ寒いと中との温度差で血管にあんまようないかなとおもてな」と言った。

俺は孫ながら感心したんだ。じいちゃんがずっと元気だったのは、こういう配慮をいつも心掛けてたからなんだね。

風呂上がり、並んで一緒にポカリを飲んだ。すると「これでなんか旨(うま)いもんでも食べ」と言って壱万円をくれたんだ。そのお札、今もスマホケースのポケットに挟んであるよ。

優しくてお茶目で、でもちょっぴりシャイで、几帳面に花を育て、毎日の日記を欠かさずつけていたアンチジャイアンツなじいちゃん。

「ぼく、わすれないからね」

祖父母の前では、俺はいつも〝僕〟になる。

11

パリライブの後、Ｒｏｃｋｅｔ　Ｊｅｔは都内で四、五本ライブを演って消滅した。てか、一番手に脱けるって切り出し、その方向へ持っていったのは俺なんだ。それに便乗するかのようにリードギターのタツヤも脱退した。あの日の熱狂とは裏腹に、いとも淡泊に終わっていったよ。

モチベーションが全然上がらなかった。それは音楽活動に限ったことではない。最近は日常生活においてもやや異変を感じるようになった。深夜スクランブル交差点周で、連れとナンパ待ちの女を拾って一発ヤってもあまり楽しくない。勃起しないこともあったしイかない時もあった。連れにも言われたよ。

「おまえダイジョーブ？　なんか最近テンション低いなあ」

ストレスが溜まり喧嘩をすることもあった。退屈に唾を吐いた明け方の渋谷、ハチ公像付近でどっかの阿呆と喧嘩になり駅前交番に引きずり込まれた。センター街でも酔った下司野郎が絡んできた結果取っ組み合いになり、センター街中心にある交番に同じく引きずり込まれたよ。

屈強な男に羽交締め(はがいじめ)にされて、鼻血出しながら屈服した。歌舞伎町では一度、周辺の飲食店が出したであろう大量のゴミ袋の上に、お巡りにブン投げられたこともあった。大切にしていたお気に入りのジャケットがボロボロになっちまってひどく後悔したっけな。平和主義者なんだぜ、ほんとはよ。

でもそんな中、友人のジュンタさんのライブには何度か足を運んだ。彼が率いる「TEAM(チーム)・BRAIN(ブレイン)」というロックバンドは、ファンも沢山いて会場はいつも賑わっている。終演後は俺を輪の中に呼んでくれ、打ち上げの席にも誘ってくれる。

やっぱり〝ライブ〟という空間は特別なもので、俺はジュンタさんが放つエネルギーをストレスで充満した心の器に、できうる限り吸引した。

一度二人で岐阜へ日帰り温泉にも行った。行きの高速では延々ニルヴァーナとオアシスのみを繰り返し聴いていたよ。俺たちを引き合わせてくれたロックンロールさ。

露天風呂に入りながら、涼やかな気持ちで互いの夢について語った。ジュンタさんは俺が思っていた以上に壮大な野望を抱いていた。

「何年かかろうが、俺はゼッタイ諦めないよ、そのために生まれてきたってぐらいの気持ちだもん」

温泉独特の鉄っぽい匂いと共に、ちと年上の彼の誇らし気な表情が、少しは俺を気持ち良く火照(ほて)らせたね。

風呂上がりに年下はビールを呑んだけど、ジュンタさんはまた運転があるためコーラを飲んでいた。なんだか申し訳ない気はしたが、俺は冷たい生をグイと傾けさせていただいた。あの時のビールは旨かったよ。

12

青山にある焼肉屋のバイトもあんまり行かなくなった。モチベーションというのか、億劫というのとは近いようで少し違う気がする。よくわからない。よくわからないんだよ。

代わりのバイトを始めた。世田谷区にあるスポーツジムの清掃スタッフだ。ロッカールームやシャワーブース、サウナの清掃、リネンの取り換えや洗濯、やりがいなんて一つもありゃしない。隠れてよくサボってたよ。やめるつもりだったタバコも一本二本とまた吸い出した。煙と同時に吐く、小さなため息に含まれる二酸化炭素の濃度が、以前より上昇してる気がするぜ。

この頃よく思っていた、俺は果たして何の為に生きてるんだろうって。〝バイト〟する為に東京に来たのか？「悩み」とか「心配」とか、そんなのを初めてリアルに感じ出していた。

――「ぼんやりした不安」が脳を支配する――芥川の命日、俺の誕生日なんだ。どちらかと言えば谷崎の方が好きだな。


気晴らしのつもりで、たんちゃんとは時々会った。呑みに行ったり、レンタカー借りて台場に行ったこともあった。たんちゃんはいつでもたんちゃんだ。

彼は大学を卒業した後お役所人になった。彼にぴったりな仕事だ。ある日腕にブライトリングをつけてきた時はびっくりしたよ。

いろいろ悩みを相談して、俺も人に話をすることによって少しは楽になる。親友が聞いてくれるからなおさらだ。でも徐々にたんちゃんと会うことも控えるようになった。

「なんでだろ、なんで彼を羨ましく思うんだろう」

「大卒で安定した職に就いたから？」

「俺よりも格段に良いマンションに住んでるから？」

わからない。小さい頃からずうっと一緒だったのになんでこう違うんだろう、わからない。

胸中の自己欺瞞（ぎまん）にもほころびが出てきたのか。

俺はたんちゃんに会えなくなった。

唯一、俺がずっと続けて通っているボイトレスクールへも、だんだんと足取りが重くなった。牧野先生もそんな俺の様子にとっくに気付いていてたみたい。ここ最近のレッスンはレッスンというより「カウンセリング」だ。「進路相談会」とも言える。

「帰ることも正しい判断だと思うよ」

牧野先生は俺に徳島へ帰る選択を提示してくれた。一瞬ドキンと胸が反応したぜ。俺さあ、それだけはしないと思っていた。いや、しないと無理に言い聞かせていただけかもしれない。高校をやめて乗り込んできたんだ、伸るか反るかじゃねえ、負けてたまるか！　逃げ道をなくしたのは自分自身だ。意地だね、意地。

けれど先生が言ってくれたおかげで、初めて少し解放されたような気がした。先生はこのことに関してちょっぴり詳しかったんだ。身内の一人に……だってさ。もう何年も不安定な様子らしい。「何カ月」ではなく「何年」——その単位に若干ビビったよ。

そういや以前、先生はこうボソッと言っていた。

「ココロの風邪っていう言い方、俺はあんまり好きじゃない」

「無理して頑張るのも大事、でも頑張らないことも大事。このままだとそれが病気に変わる恐れがあるから、今は絶対に無理しちゃダメだよ。今の時代ネットが充実してるおかげで、東京に居なくても音楽を発信することはいくらでもできる。だから帰ることが不利になるなんてないし負けだとは俺は思わないよ。たぶんソコが一番引っかかってるんじゃない？」

長年の牧野先生とのレッスンも、これが最後になったよ。先生の助言を一文字一文字拡大するかの如く、お疲れの脳の中で再び映し出した。俺は大きめのため息をついた。丁重に保っていた一本の蜘蛛の糸がプツンと切れた気がして、生温い脱力感が俺の中に生まれる。ぼんやりした状態で、ポールモールを燻らせながらスマホで船上乱交動画を虚しく観ていた時、一通のラインが届いた。友人のハマちゃんからだ。

13

ハマちゃんは同い年のギタリストで、昔対バンして以来の友達だ。優しくて気軽になんでも話せるタイプだから、たんちゃん同様気を遣うことなく楽に会える。おそらく彼も似た思いで接してくれているだろう。

そんなハマちゃんに誘われ、急遽雀荘（きゅうきょじゃんそう）へ行った。何かをやっていればとりあえず気は紛れるから別にいいやと思ったし。麻雀を打つのも久しぶりだが、ハマちゃんに会うのも久しぶりだったよ。新しくヤマハのギターアンプを買ったってＳＮＳで見て以来気にはなってたんだ。見事なタイミングだぜ。

彼は俺の話をいつも親身になって聞いてくれる。リョウコさんとの件も打ち明けたっけ。ハマちゃん以外の面子（めんつ）はその日初めましての連中だった。内の一人がなんか虫の好かない雰囲気の男だったけど、そもそもあまり発言するつもりはなく受身（パッシブ）に訪れただけなので、気にしない面（つら）でプレイした。

ただこのインチキ野郎、やっぱりイライラするんだ。喋（しゃべ）る速度が慌しく笑い方も気持ち悪い。俺とハマちゃんとの会話に妙な間でいけしゃあしゃあと乱入してくる。全く集中できないぜ。脳裏に浮かぶ画数の多い役満が窮屈（きゅうくつ）そうに頭の中を飛び交う。イソコの鳥のアホ面をそいつに見立ててやや乱暴に切った。「帰りてぇ、終わりてぇ、天和（テンホー）でさっさとあがりてぇ」——俺はポールモールに火を点け意味ありげに隣の卓に視線を向けた。

「心の中はずっと多牌（ターハイ）、捨ててないんだよ。いや、捨てたくても溜まっていくんだよ」

金の代わりにストレスばっか溜まってくんだ……。「洒洒落落（しゃしゃらくらく）」って役満なかったっけ？

自動に積まれた牌山（やま）を見ると、その美しさに逆らって下品に破壊したくなる。無造作にガッと掴んで、似合わないのにかわいいクマが刺繍（ししゅう）されたハンチングを着帽しているこん畜生にブン投げたら、どんな展開になるだろう。

ハマちゃんが食べ始めたカレーの匂いだけだ、愛しかったのは。俺はピラフを頼んでルーを少しお裾分（すそわ）けしてもらった。何年か前、彼の前で大三元、中（チュン）でツモった時は確かに楽しかったんだ……。

ハマちゃんとは後日スロットも打ちに入った。視界の総てがギラギラと発光し、無秩序な音が乱れ散っている。今の俺はハイエナにもなれない、むしろ捕食される方のインパラだ。目の前のケンシロウにどこか秘孔（ひこう）を突いてほしい気分だったよ。副流煙立ち籠める環境下で隣の若造は菓子パンをむさぼり食っている。俺はいつもの虚しい念に満ち、天井も気にせずレバーを叩いた。ハマちゃんはきっとどこかでジャグラーを打っているに違いない。

トイレに行く途中、フリーズ降臨に色めく女がいて刹那（せつな）的におっとなったが、俺の意識はすぐに排尿に切り替わった。若干静穏なトイレが妙に心地好い。尿から仄白（ほのじろ）い湯気が立っていた。

その夜二人で居酒屋へ行った。前回と今回で、ハマちゃんもさすがに感じたのか「洋平ちゃん、何かあったの？」と訊いてきた。俺は「いやあ別に。強いて言うならまたリョウコさんのこと思い出してな」と適当にセンチメンタルな自分をアピールしてごまかしたよ。ハマちゃんはそっかと言い「また何かあったらグチでもエロでもなんでも聞くよ」と優しい顔で言ってくれた。

二時間ぐらい呑んでおよそガソリン満タンになってきたのか、ハマちゃんは冷たくなった焼うどんをすすりながら、急にマジメトーンで、

「俺のことをカッコ悪い男って思ってる人、たぶんいっぱいいるんだろうけど、こんな俺にも時間を工面して遊んでくれる友達がいるってだけで、あっ俺って幸せだなあって気になるんだよ」

と、少しキザな台詞をハマちゃんは紅生姜色の顔で言った。俺は白州のソーダ割を呑みながら、同じくキザに彼を見つめた。

14

今現在、東京に俺みたいな奴ってどれだけ存在しているんだろう。ビートルズみたいな奴、スプリングスティーンみたいな奴、マドンナやシンディ・ローパーみたいな、そして永ちゃんみたいな奴。シド・ヴィシャスやブライアン・ジョーンズみたいな野郎だって、この街のどこかに、きっとスカした顔して居るに違いない。プレスリーやマイケルにだって会えると思う。

でも今や都会にはそんな奴らがドブネズミの如く存在し、我こそがという思いで縄張りを持っている。近頃は駅周辺で路上ライブをすることすら厳しくなってきた。通報されすぐに取締りの対象になり、運が悪い奴は法的に処罰される始末だ。

もし俺が永ちゃんみたいだったら——。不屈の根性で、どんな困難な壁にも突き進むパワーを持っていたのかもしれない。けど俺は弱い男だったし——レースに勝つことができなかった。

俺だってこれまでずっと、夢に燃えた都会の若者らしく溌剌と生きていたはずだ。楽しい思い出だっていくつもある。でもさ、なんだかんだ俺も二十代後半になるとちょっとは焦りも感じるようになるし、悩みの一つや二つも出てくる。夢持って生きてる奴は気持ちわかってくれるよな?

なぜそんな気持ちが生まれてくるのか。一番は友達の近況だ。二十代も後半になると連れは次々と結婚し、女は出産、また堅実な彼らの仕事もすっかり板に付いてきた。腹立つのが現代はそんな情報が嫌でも目に飛び込んでくる。ご親切なＳＮＳだよほんと（でも自分を宣伝するために、やめるわけにはいかなかった）。

デビューが決まったというライバルの意気揚々とした投稿を見た時は、モルヒネを打ちたいぐらい嫉妬心が燃え、虚栄心の塊＝劣等感が無情に疼き出した。

「俺は？」学歴はないしおまけに貯金もない。職は安定とは程遠く、夢の扉も開く可能性は極めて低く難儀だ。焦るなという方が無理だぜ。そして、これが俺の最も特筆すべき人間性なんだろうけど、矢吹洋平は結構マジメな男なんだよ、うん。自分で言うなって？　いや、きっと真実なんだから仕方ない。あなたもいずれわかる。だから至極俺は考えた。考えあぐね、悩み、もう疲れちゃったんだ。その結果俺はどうなったと思う？　いよいよこの物語の核に迫ってきたぜ。

ちっとも眠れなくなったんだ。当初は不思議だった。眠たくはなる、だから寝ようと布団に入る。でも寝ようという意識が逆にどんどん俺にプレッシャーをかけ昂奮させるんだ。さっきまで眠たかったのに、すっかり目が覚めちまいしょうがなく一服する。特にやることもないから、ちょこっと本読んだり朝まで無料動画観たり。彼女がいたらちょっかい電話でもかけるんだけど、この頃は寂しかったね。夜ギター弾くのは控えていたし、もうマスターベーションぐらいしかすることがない。毎夜こいたよ。ゴミ箱には常にカピカピのティッシュが浮かんでいた。あんまりやりすぎると遅漏になるゾって、前に焼肉屋のカッキーさんが言ってた気がするけど、実際そうなったよ。クラブでひっかけた蓮っ葉リトルガールとヤった時、結局最後までイかなかった。一応フリはしたけどね、バレてるよな。

なんとか気にしてないつもりで日々を送っていたけど、気付けばもう八カ月もろくに眠っていなかった。寝ようと思えば思うほど逆に目が冴えてくる。あくびだけはいっちょまえに出やがるくせに。タバコもまたフツーに吸い出した。よしんば酒やタバコという刺激物は眠りの妨げになるとしても、寝られないとなるとそんなので気を紛らすしかなかった。

清掃のバイトは早朝からだった。明日も朝早いんだし寝なきゃいけない——そんな義務感が、俺を焦らせ緊張させ、覚醒させるんだ。

今思い返してもこの時期はほんとに苦しかったぜ。さすがに自分自身でもこれはおかしいと確信し、ついに病院へ向かったのはまもなくだ。さもなくばモヒカンにでもなりかねない。

丸二日、一睡もしていないなんてザラにあった。とりあえず俺は目黒区内にある内科を受診したんだ。この症状がこの科で合ってんのかはよくわからなかったけど、内科はなんとなく親近感あったしね。先生にこれまでの経緯を説明し、この日プリンス（やんごとなき事情により、薬の名称は総てロックスターの名に変更させていただく）を処方された。

「飲んだ後の機械の操作や車の運転は控えてください。あとできればタバコや飲酒も」

そう言われた。なんかビビるぜ。

隣接している調剤薬局に行き、受付で処方箋を渡し待ってる間も落ち着かない。キッズスペースにはぬいぐるみや積木があり、小さなブラウン管テレビにはアンパンマンが映っていた。自分の顔の一部を食べてもらうって、なかなか凄いアイディアだなと思った。

名前を呼ばれ薬の説明を受けた。睡眠薬――それほど強いものではないらしい。ビギナーだもんな。「おくすり手帳」も初めて作ったよ。その日の晩から早速服用してみたけど、大して効かなかったというのは言うまでもない。一週間続けてもやはり改善されなかった。酒の方が効く気がするので結局呑んじゃってた。村上春樹や村上龍の小説を読んでいると、真似してビールやブランデーが呑みたくなる。気持ちいいＳＥＸだってしたくなる。

この頃は限りなく透明に近いブルーだった。うん、限界に近かったという意味さ。見た目にもやや変化が顕(あらわ)れた。心なし髪が薄くなった気がする。洗髪後、鏡の前でドライヤーをかけてるとやけに白い地肌が主張しているんだ。他人に指摘されると余計に気になったし焦った。

どうしたもんかとさらに悩んでいたら面倒は重なるもんだな。長年住んでいたアパートが取り壊されることになり、強制的に退去を余儀なくされたんだ。かなり古かったしなあ。大家さんも高齢だったし、もうアパート経営はやめてその場所にはテナント用の建物が建つらしい。実際、のちにそこは一階がコンビニ、二階が歯医者さんになったっけ。

この古アパート、俺はわりと気に入っていたからショックだったな。目黒区内の一角、ちょっと頑張れば渋谷だって歩いて行けた。呑んで終電逃(のが)した時はよく歩いて帰ったよ。でもこうなったら仕方がない。微睡(まどろ)むことも忘れたこの眼で、引っ越し先のアパートもいくつか見て回った。駒沢公園の辺りや用賀、川崎市の方も見たっけ。しかし移ってからどうするかが問題だ。こちとら毎日フラフラで、仕事もろくすっぽできちゃいない状態さ。体力と心に十分な余白はない。ジレンマに陥った挙句、選択肢は自ずと決まった。そうさ、俺は帰ったんだ、徳島に。

「成りあがりの成れの果てか」

都会の最後の夜空に呟(つぶや)いたけど、星は見えなかったよ。

15

俺の故郷、希代澄（きよすみ）はいい町だ、好きだね。〈ガキの頃〉はここがこの世の総てだと思っていた。希代澄公園の池でザリガニやおたまじゃくしを捕り、氷室書店で漫画を買い、大型スーパー「ウィーダ」内のゲーセンで友達と一日中メダルゲームをして遊んだ。特にウィーダは当時子供たちのたまり場だった。遊戯王カード、デジモンバトルをする時はいつもここだった。ポケモンが大流行していたのも同時期で、通信ケーブルを繋いでは対戦やトレードを楽しんでいた。

街路樹の葉を縫うように注ぐ木漏れ日、ヒカリ——思い出がたくさんあり、今でもふとあの頃に戻って、なんの心配事もない喜悦な日々に浸りたくなる。〝幸福〟が依然として瞳の中で鮮やかさを保っている。

徳島に帰って早二年が過ぎていた。俺ももう黒髪のアラサーだ。三十歳って、子供時分はそれは立派な大人なんだと思っていたけど、全然まだまだだよ。

病院はいくつか行ってみた。普通の内科や神経内科にも。ただどこも薬を出してハイおしまいって感じで、いまいち自分には合わなかったし、通ったところで……という印象だ。

最終的には母が評判を聞き勧めてくれた、X市の某心療内科に落ち着いた。初回はアンケートとカウンセラーによる面談。その後、担当医師が壮年の土方源一郎に決まり通院が始まった。二人共まず同じことを訊いてきたぜ。「〇〇〇〇という思いはありますか?」だからビビるってば！　土方は顔つきも声色も穏やかな風情で余計怖い。

薬はいろいろ試した。クラプトン、ベック、ペイジ、アクセル、スラッシュ——まだあるよ。効き目はどれも一過性のもので、状態が改善しているという感覚はなかったな。でも飲まないより飲んだ方がマシだから、とりあえず〝おまじない〟のつもりで服用していた。


この頃俺はZ市役所の教育総務課というところで、短期の臨時職員として働いていた。同級生だった蘭ちゃんがそこに勤めていてね、詳しい経緯は省略するが欠員填補で俺を推薦してくれたんだ。ちなみに体調や通院してることは黙っていた。短期契約だしもつだろうと思っていたから。

勤務は土日祝以外のカレンダー通り、八時半から十七時十五分まで。マジメに働いたよ。パソコンで打ち出した書類を整理し各小中学校に送付したり、録音された会議中の内容（キーワードや重要センテンスなど）をイヤホンで細かく聴き取り議事録にまとめる作業、とまあ様々だ。なにやら昂奮した親からかかってくる電話応対までしたっけ。一体何にキレてるのか意味不明だったけど、気持ちゼロで「すみません、すみません」て。そういう親が産んだガキは大抵アホか嫌われている奴だ。課長は評価して言ってくれたよ。

「矢吹君はマジメやしミスが少ないけんええわ。短期やのうてずうっと来てだ」

素直に嬉しかったなあ。だけど、それはできなかったんだ。


俺は毎晩魘されていた。眠れぬ日々はいつまで経っても続き、狂的な、激しい不安感が俺を襲う。ここでまた、俺の不安定な心を掴んで離さないのが〝夢〟ってやつだ。トリガーの一つ、あいつがまたアイロニーな顔を出してきたんだ。

俺は夢を叶えることができなかった。前述の「叶わないで終わる者」の方だ。その〝レッテル〟を貼られている気さえする。

夢に敗れ散った俺は、これまでの人生を総て厭世的に捉えていた。無意味なものに散々時間と金を浪費し一体何が残ったというのか。啖呵を切って故郷を飛び出したのに、結局夢叶わずで舞い戻ってきた哀れな男。こんな思考が常に俺を支配した。市役所で働き出してから一層そんなことを思うようになったんだ。だって周りの職員はみな立派な大学を出てここに就いている。副教育長は次期小学校校長になる様子だ。己の立ち位置、現実を客観視するのが怖かったが、憂悶の情もこれまで。

〝過ぎた時間は戻らない〟でも、

〝他人と自分を比べる必要はなく優劣もない〟

今は理解できるが、この時の俺には無理だったよ。心労はピークを迎えつつあった。


結局俺は短期の仕事を依願退職することになったんだけど、ラストデイは特にヤバかった。もう爆発寸前て感じ。視界に飛び込む彩度や明暗が俺の内部にねっとり染み滲(にじ)んでくるようだ。職場はA館の四階にあったんだが、階段部は一階から天井まで吹抜けになっていて、下を覗くと吸い込まれそうになる。俺はたびたび仕事の手を止めトイレに行くふりをし、何度もそこへ行き断崖(だんがい)の高さを確かめた。

「ふっ、こんなところでダイブしたら、俺を誘った蘭ちゃんが次に病気になっちまう」

ついに俺は課長に事情を告げた。課長も蘭ちゃんも最近の俺の様子に気が付いていた。三人で別室に移動し、俺は二人の前でエンエン泣き出した。俺もう二十九だぜ。あんなに涙が出てきたのは不思議なくらいだった。

連絡を受けた母が迎えに来てくれたよ。この歳になって忸怩(じくじ)たる思いだが、とても一人では帰れなかった。

「蘭ちゃん、恥ずかしいところを見せちゃったね、ゴメンな」——ほんとゴメン。

でもマジメな俺は、どんな危機的状況でも遅刻、無断欠勤は一度もしなかったし、辞める時もきちんと伝えた。大人として当たり前さ。もうわかってくれたよね？

なんで、もっと自分にいいかげんに／やさしく生きられないんだろう。

どうして、素直にくるしい／たすけてって言えないんだろう。

おれぁ時々、自分が世界で一番のクソ野郎に思えてくるんだ。自分がたまらなく大嫌いになるのさ。


翌朝、俺は乱心したよ。もうその辺から記憶は曖昧だ。暴れたり叫んだり、母は泣きながら必死に俺を制しようとしたらしい。車に乗せられた俺は、これから始まる生活など知る由もなく、見慣れた希代澄を後にした。

16

秋風が聞こえる十月のある朝、吉野川を越え希代澄から遠く離れた場所に来た。微かな金木犀の香りと、人種の雰囲気が違うことぐらいは感じられた。はじめに言ったように、俺はすぐ車椅子に乗せられその後ケツに注射されたんだ。その記憶だけは海馬の中に存在している。入院先はこれまで通院していたX市にある病院の、言わば本丸的なトコロだった。担当医師も同じ、土方源一郎だ。ただ土方は向こうの院長だったから、こっちに来るのは週一回だけなんだ。最初ここへ運び込まれた朝たまたま土方がいてさ、あんな絶望状態の俺を見てどう思っただろう。

室は個室で良かった。相当暴れたり叫んだりして何度も押さえつけられたもん。相部屋じゃ他の奴らに迷惑だしな。けどじっとすることができないんだよ。怖いんだ、無性に。

担当看護師は犬伏という若い男だった。長めの茶髪でピアスの穴がいっぱい空いていた。どうやら彼も学生時代に同級生とバンドを組んでいたらしく、どんなギター持ってるのとか、好きなミュージシャンはとか、いろいろ訊いてきたよ。過去を否定してきた俺にその質問はやめてくれ――。哀れみなど受けたくない。

犬伏と初めて対顔した際、彼は診断書のような紙を持っていて、そこに記載されていたある〝文字〟が俺の眼に飛び込んできた。

「希死念慮（きしねんりょ）」

俺は一気に昂奮状態になり、とてつもない恐怖を覚えた。その文字の生々しさよ。荘厳で冷厳な言い回しが俺を激しく突っついた。まるで草刈り鎌を持ったジョーカーが俺の首を取りに来たような、そんな幻覚に魘（おそ）われた。俺は激しく吠えた。そしてその紙を犬伏の目の前で破いてみせた。

「出て行けボケッ！」

そう言い放ちまた暴れた。その後すぐ、注射器を持った別の看護師がやって来たのは言うまでもない。

俺の室番号は三〇三だった。隣は三〇二と三〇五、うん、確かにここは病院だった。日本人はやや数字を気にしすぎるきらいがある。

患者はなかなか多彩な顔ぶれだ。未成年から年寄りまでね。森岡やカッパの他に手首に傷がある女、平静から突然怒り狂う男（関村はこれに該当する）、歯ブラシで背中をかくばばあ、食後のデザートに必ずユーフォーを食べるじじい（そいつの腹は大きなコブのように出ていた）。

特にエキセントリックだったのは、廊下でＡＢＢＡの「ダンシング・クイーン」を声楽的発声で歌い上げる女だ。少しふくよかで赤髪ロングの女だった。ずうっと歌ってんだよ廊下でさ。彼女にとってその歌がどれほど重要なのかは知らないが、ただ妙に上手かったから笑える。サビのハイトーンフレーズも巧みにファルセットを交えながら歌うんだ。彼女とは別のカタチで出会いたかったぜ。でもマジでしつこくて、おかげで今でもこの曲が嫌いだ。

入院チェリーの俺はこれが頭になかった。入院とはみんなと共同生活するってこと。しかもここは精神科病院。他人の奇行を嫌でも見なきゃいけない。あちこちで、奴らがおかしなことをしてんだわ。まあ自分もその内の一人だったんだけどね。言い方は悪いが「俺もこいつらと同じなんだ」――そう思うと泣けてきたよ。

これまでいろんな人を傷付けてきた罰が当たったんだ。

毎朝決まった時間に起きて一日が始まる。起きてというか起こされるというか。朝食はいつも七時になると運ばれてくる。一人一人おぼんにネームプレートが置いてあってさ、みんなと献立が若干違う人もいたな。子供の頃、時々給食に出ていた牛乳に粉末を溶かしてミルクココアにするやつ、まさかここでお見かけするとは。

その後犬伏が室にやって来て血圧や脈を測る。シーツや枕カバーの交換も結構マメにやってくれた。

「昨日はお通じありましたか?」

「ないですね」

「もし必要であれば下剤用意しますよ」

「わかりました(けっ、なにほざいてんだか)」

ずっと便秘だったよ。だから朝食はバナナと牛乳が常に出た。食後は踊り場にマットを敷いてみんなで体操もしたっけ。なんとも言えない虚しい気持ちさ。

当初俺は三日も経たない内にもうここが心底嫌になった。だってそうだろ、変な奴ばっかしだ。(「17歳のカルテ」にもこんな一場面がある)――そんな奴らに囲まれて療養なんかできるわけなく、むしろ乱心しそうだ。あっちでまた誰かが吠えている。するとこっちまで頭がポンしちゃって、壁を殴ったりゴミ箱や椅子を蹴ったり、そして自分を殴るんだ。ご乱心の俺をあの森岡が見てる。かつて、俺が奴を見てたようなまなざしで今度は俺が見られてる。「あの森岡に……」――今まで感じたことのない屈辱の思いだ。そんな俺を鎮(しず)めるためにまたケツに注射をブスッ。ハゲ散らかした関村やチンパンジーがいちいち絡んでくるのももう忍びない。

ついに俺は脱出を試みようとした。自室に小窓がある。その窓の向こうには駐車場が広がっていて女が一人立っていた。俺は窓を開けてここから飛び降りようと思ったんだ。女の車を盗んでやるくらいの気持ちさ。しかし、俺はその時初めて知った。ここは精神科病棟、窓は横に、四分の一しか開かなかった。おもいっきり、どんなに力いっぱい引いても四分の一しか。これじゃあ頭も通らない。くそっ、俺は叩き割るつもりで何度も何度も拳で挑んだ。ドンドコ鳴っていることに女も当然気付き、訝しそうに頭上を目視した。でも、窓は頗る堅く、俺の一縷の望みは女と共に去っていった。代わりに犬伏が飛んできたよ。

17

入院生活の間、たった一人だけ俺自ら電話をかけた友人がいる。東京にいるミュージシャンのジュンタさんだ。俺が徳島へ引っ越すってなった時、エレキギターを一本預ってもらってたんだ。荷物を送る際どうしても納まりきらず、また取りに来るという約束のもとお願いした。だからもう数年経っている。

俺、もう生きてゆくのは無理だと本気で思っていた。だから借りがある人にきちんとケジメつけとこうって。自動的に生まれるペシミズムを殲滅することはもはや不可避、この時が病気のピークだった気がする。それぐらい思考がヤバかったね。ジュンタさんは大切な友人だから、きちんとしておかないと彼に迷惑がかかる。俺は病室から電話をかけた。「処分するなり売るなり、人にあげても構いません、お好きなようにしてください。邪魔な物を長い間ずっと、ほんとにすみません」――入院中という事実も併せて伝えた（でも病名は言えなかった）。彼は全然気にしなくていいからと優しい言葉を返してくれた。お大事にとも言ってくれた、ありがとう。

こういうことを病気の最中でもきちんとしようと思う俺の性格、マジメは嘘じゃないぞ。一度、もしここからピザの注文の電話をかけたらほんとに届けに来てくれるんだろうかと考えたこともあったが、実行はしなかったよ。たぶん、白日夢（はくじつむ）にふけてたんだ。遠くに暗黒の領域（隔離室）が見えた気がした。

落ち着いている風情の森岡とカッパも、時が経てば徐々にその片鱗を顕にした。森岡はやっぱりちょくちょく泣いてたよ。おばさん看護師がよしよしと頭を撫でてあげて手を繋いで病室へと帰ってゆく後ろ姿は、あの日の森岡坊やとふんわりオーバーラップした。カッパは一度、自動販売機に小銭を入れたのに無反応な上、金も戻ってこなかったことに立腹し、たまたま通りがかった若い女看護師に激しく吠えていた。喉仏の代わりにディストーションでも仕込んでんのかと思ったほどだぜ。そんな奴らを目撃するごとに、俺は心の重荷がまたさらに重くなるのを実感した。

母は定期的に面会に来てくれた。俺の好きなお菓子やジュースも持ってきてくれた。ただ来るたんびにおいおい泣いてたね。そりゃそうだ、俺の顔や頭が腫れてんだもん。

母は俺のために、有名な京都の鈴虫寺に一人で行ったらしい。俺の病気が治りますように、俺がまた生きる希望を持てますようにって、熱心にお祈りしてきたってさ。あの小さな黄色い御守りも買ってきてくれた。

「〝幸〟の文字が見えるようにこれ持ってあんたもお祈りしい。お地蔵様の方角に向いて、ちゃんと名前とここの住所も言うんでよ」そう言って俺の手に握らせたよ。その時も、母は目を真っ赤にして光る涙の粒をぽつりと落としていた。俺はこれまで母を泣かせてしまったことは何度かあったけど（高校やめた時はそうだったな）、こんなに悲しい、ツラそうな涙を流させたのは、この時期以外他に思い浮かばない。

土方とのカウンセリングの時も付き添ってくれたよ。土方は紳士的な態度で母にも丁寧に、詳(つまび)らかに説明をした。この頃薬も増えたしな。オズボーンを飲むとなんかダルくなる。あんまりたくさんの種類を飲んでると、自分はものすごく重病なんじゃないかという不安な気持ちが増長した。

　母は母で仕事がある。遅くまで働いて、それが終わった後いつも見舞いに来てくれた。帰る時は俺が着て臭くなったパジャマやパンツを持ち帰り、家で洗濯してまた次に持ってきてくれる。親父が早世した分ただでさえ苦労したのに、未だ三十路前の男を世話しなきゃならない。これに関しては本当にすまなく思っているし、この上なく感謝している。

　俺さあ、父が病気で入院することを聞かされた時、ちょっぴり心の中で喜んだのさ。

「これでしばらく怒られなくて済む」——学校で悪戯するたびにこっぴどく叱られた。それがとにかく怖かったんだ。

　だから子供の頃は、父が苦手だった。でもまさか死んじゃうなんて思わなかったよ。入院を喜んだ罪悪感は、ある意味ガキだった俺の感受性を少し大人にしてくれたのかもしれないが、半面、千載に残る後悔の念となった。

　父さんとキャッチボール、一度でいいからしてみたい。夢のひとつさ。

18

服薬は必ずナースステーションのカウンター越しに、ちゃんと飲んでる姿を現場で見せることが法律だった。髭を剃（そ）るのにもきちんとその旨を報告しなければならなかった。

　そして昼食後はいつもレクリエーションの時間がある。なかなかバラエティに富んでたよ。書道やぬり絵といういかにもありそうなものから、ガンプラ作りというポップなものまであった。ちなみに関村の書道の腕前はそれは大したもんだったね。ハゲ散らかした頭に似合わず大変美しい字を書いていた。人は様々な一面があるもんだ。徳島なだけあって阿波おどりの真似事もやったよ。「踊る阿呆（あほう）に見る阿呆同じ阿呆なら踊らにゃ損損」――チンチンピーヒャラ、お誂（あつら）え向きな音楽が響き渡っていた。他にのど自慢大会もあったがさすがにそれは断ったよ。噂によると、カッパは少年隊の「仮面舞踏会」を歌ってたらしい。ちょっとそれは興味ある。

　昔から俺は映画鑑賞の他に読書を好んでいたけど、ここじゃそんな気力湧いてこない。文字を追う集中力がちっとも保てずすぐに疲れてしまう。一応踊り場の隅にある本棚に何が並んでんのか見たけど、『キッチン』や『岳物語』など無毒な本ばかりだ。今後もおそらく、漱石の『こころ』やゲーテの『若きウェルテルの悩み』なんて並ばないだろうな。『ノルウェイの森』

もきっと。

〝音楽〟はやっぱり聴く気がしなかった。むしろ憎悪していた。スマホの中で整頓してあるプレイリストは、程無く総て削除したよ。ただし一曲だけ、どうしても名残り惜しくて消せなかった曲がある。玉置浩二の「しあわせのランプ」だ。あの日、ボイトレスクールで初めてブースの中で歌唱した曲。温かく優しい詞と旋律が大好きなんだ。俺は時々、ベッドで仰向けに寝ながらこの一曲だけ、安らかに聴いていた。「黙れダンシング・クイーン！」

外に出るのは十日に一ぺんぐらい。だがそこに自由はない。四方が高いフェンスに囲まれた中庭で患者同士バドミントンやフリスビー、縄跳びをしたりね。レジスタンス一つ起こせなかったぜ。日差しが強くとても眩しかった白光――鮮麗な色彩の如く、今も瞳の奥に残像という感覚現象よりも明確に残っている。でもなぜだろう、太陽がもの凄く遠く感じて、空や雲に仲間外れにされているように見えた。

一度みんなでバスケットボールをしたんだ。見張り役の看護師が数人周囲に立っていた。それはまるで、ジャック・ニコルソン主演の映画「カッコーの巣の上で」のワンシーンのようだったよ。俺はそんな小さな悦びやささやかな可笑しみを探すのに、時々精を出した。

患者の入れ替わりはたびたびあった。そういやカッパもいつの間にかいなくなっていた。「じゃあなカッパ、もう二度と会うことないだろうけど達者でな」

病室が空になるとなんとなく寂しい気がした。退院したんだというかるいジェラシーも湧いてくる。「ここにいた奴って誰だったっけ」——なかなか思い出せない時は一日中考えて暇をつぶしたよ。でも関村とか土門とか、虫の好かない奴に限って最後まで一緒にいた。人生ってのはそういうもんだよな。

土方先生はカウンセリングのたびに、口調や質問内容などアプローチを変えてきてくれた。母も土方のことは信頼してたよ。俺も少しずつだが、カウンセリングを落ち着いて受けられるようになった。以前は途中で暴れ出すこともあったからさ、良い傾向だ。

犬伏とも少しまともに目を見て話ができるようになった。冗談も交えたり、ゆっくり胸襟を開く感じで。

「彼女いるんすか?」

「まあ、はい、一応」

「へえ、いいっすねえ。ヤリまくり?」

「いやいや全然ですよ」

「えっ、じゃあ最近いつヤった？」

「……二週間ぐらい前かな」

よく見ると、犬伏はわりとハンサムだったよ。今まで気が付かなかった。


ボォーッとしてたら、希代澄の友人からラインが届いた。「おつかれー、誠ついに結婚するんやってさ！　ほんでみんな集まって内輪でお祝いしようって計画してるんやけど、洋平いつなら都合いい？」

既読スルーしてやったぜ。

19

入院生活の中で特に面倒だったのが入浴だ。まず毎日じゃない。男女交互に一日おきに入る。時間も何時から何時までと決まっていて、それを過ぎてしまうと明後日まで我慢だ。嫌いな奴とタイミングが被るのはごめんだし、不潔そうなおっさんと一緒に入るのはもっと忍びない。

風呂に入るだけでも病院じゃあこういうストレスや苦労があるんだな。おまけに入るのは補助が必要な老人優先で、それだけで入浴タイムの前半ほとんどが奪われる。残った後半で俺より一足早く嫌いな奴が入っていたら、いっそもう我慢する方を選んだよ。すんなり入れた時だって別に嬉しくはない。だって、俺はいつも変な滓（カス）やなんかの毛が浮いた湯に浸かってたもん。どのおっさんか知らないが、しれっとこいたであろう屁の残り香が微かな腐卵臭となって、俺をさらにげんなりさせた。

普段の俺のささやかな楽しみは、母からもらった金で売店のチョコモナカジャンボを買って食べることだった。あれを割って食べる時もあれば、端っこからガジガジと食べる時もある。モナカの若干の香ばしさとバニラアイスのほどよい冷たさ、チョコの歯ごたえ、最高のバランスだ。犬伏に半分割ったやつをあげたら喜んでたよ。

犬伏以外で好きな看護師が一人だけいた。井佐江というおばちゃんだ。井佐江はいつもにこにこしていて（ルイーズ・フレッチャーとは正反対だ）、よく俺にも話しかけてきた。深夜なかなか眠れず廊下を徘徊していた時も、彼女が俺を見つけて相談に乗ってくれることもあった。
「寝れんのはツラいなあ。薬で寝れたらいいけどそればっかりに頼るんもなあ」

よくわかんないけど、彼女に母性を感じたのか、声を聞くだけで安心した。ボウイを飲むよりも穏やかに眠れそうな気持ちだ。五十近い決して美人というわけではないおばちゃんだったけど、俺は井佐江のことが好きだった。恋ではないが単純に好きだった。話せば余計な力が抜け癒される。廊下で井佐江とすれ違わないか楽しみにしてたぐらいだもん。（あれ？）

でもいつからか、井佐江は突然姿を見せなくなった。気を揉んで犬伏に訊いたんだ。

「ねえ井佐江さんは？　次いつ来るの？」

「井佐江さんは一身上の都合で実は辞められたんですよ」

俺の心はその日からまた不安定になった。今までにない新しいストレスだ。そんなわけないのに、俺がなんか言ったせいで辞めることになったのかなとか、傷付けたのか、杞憂な妄想ばかりが奇天烈な俺の脳や心を取り囲む。

井佐江のおばちゃん、今どこで何してんだろう。他の連中はもう二度と顔を合わせたくないけど、井佐江にだけは会ってみたい。会って、俺の顔を見てほしい。そしてこう言いたいんだ。手を広げて「おばちゃん、ほら俺元気になったよ」てね。

（これってやっぱり〝恋〟なのかなあ。いや、そんなわけない）

20

俺は常日頃、他の患者と交わるのを徹底的に避けた。森岡や関村が話しかけに来ても無視するようにした。滅入る話を聞きたくなかったんだ。会話の内容がどこでどう転ぶのかわからない。なんてことない話でもいつ、どのワード、センテンスが俺をブルーな気持ちにさせるのか、そう考えるだけで怖かった。だったらはじめから絡まない方が無難だ。なにより退院後、そいつの一切の記憶や思い出を残したくなかった。なんとしても極力〝無〟でありたい——これは俺にとってかなり重要な主題であった。

俺はこの生活総てが「フラッシュバルブ記憶」になるのを恐れていたんだ。フラッシュバルブ記憶とは「写真のフラッシュを焚いた時のように」残る〝鮮明な記憶〟のこと。重大な出来事や強烈な感情を伴った記憶が、時間が経った後でも鮮明に思い出せるというもの。たとえば、アメリカ同時多発テロやケネディ大統領暗殺、地下鉄サリン事件などのニュースを目の当たりにした時のことを、多くの人々がよく覚えている。

俺は覚えたくない、こんな経験を断固。苦しかった日々、死にたかった日々。自分を痛めつけ自制の能力を失い、看護師数人にベッドの上で押さえつけられ尻に注射を打たれたこと。森岡や関村の目。こんなのがこの先ずっと、悪夢となって俺を刺激し続けるのかと思うと、とても安寧に生きられそうにない。

「俺の脳みそに住みつくんじゃねえこのペリカン野郎があ！」

一つ、地味だけどすごく嫌な記憶として残っているものがある。食堂には大きなテレビがあり、消灯時間まで朝から延々点きっぱなし。入院時期が十月以降だったせいで、とにかくしつこくシチューとグラタンのコマーシャルが流れていたんだ。チビがきゃっきゃ頬張ってるやつなんざ特に虫唾が走るぜ。退院後も家でそれを観るたびに、あの空間やにおいを思い出して至極不快になる。「ダンシング・クイーン」一つでも厭わしいのに。わかってくれたよね？これがフラッシュバルブ記憶だ。

21

だいぶ寒くなってきた。外はすっかり冬の風に変わり、冷たい空の色が広がっていた。冷気がベッドの骨をさらにキンキンにし、握るとそれは在り在りとわかった。朝は格別寒い。寝ている俺の耳や首すじを冷気が通り過ぎるたびに、布団を顔まで持ち上げた。「毛布一枚じゃ足りねえよ」俺は元々寒がりだったからね、犬伏に言ってもっと暖かいやつを持ってきてもらったよ。「なんだかんだ、もう結構長く入院してるんだなあ」――思わぬカタチで移ろいゆく季節を感じ取ったんだ。

この頃、一人外部の人間がちょくちょく俺を訪ねるようになった。今岡という女性カウンセラーだ。今岡は俺と同い年ぐらいのちょっとウサギっぽい顔をした女だった。好みというほどでもないが、洒脱（しゃだつ）な雰囲気でかわいらしいなとは思った。彼女が俺んとこへやってきて何をするかと言うと、毎回よくわかんない心理テストやゲーム、子供のお遊びみたいなことをするんだ。

覚えているのが、一度「木の絵」を描いてみてくださいって言われたっけ。どんな形でもどんな大きさでもいい、好きなように木を描いてくださいって。そう言われて、確か俺はクリスマスツリーみたいな、あんな木を描いたんだ。その絵にどんな意味や心理が込められているのか、俺は未だに答えを知らないんだけどね。別に訊く必要もないと思ったからさ。でも今になると気になるから笑えるぜ。後から知ったんだが、いわゆる「アートセラピー」「芸術療法」って類（たぐ）いのやつだよ。

なんでもない世間話も毎回した。

「矢吹さんはどんな音楽を聴くんですか？」

「昔から好きでよく聴くのは六〇年代から七〇年代の洋楽かな。ビートルズとかサイモン＆ガーファンクル、レッド・ツェッペリンやカーペンターズとか、まあいろいろね」

音楽の話も少しはできるようになっていた。

「じゃあまたご自分でもやってみたいと思いますか？」

「さあ、そこまではわかんないよ」

「退院したらまずナニやりたいですか？」

「酒呑みたい。あと一本でいいからタバコ吸いたい」

「他にはナニかありますか？」

「う〜ん、そうねえ……じいちゃんばあちゃんに会いたいかな」

「いいじゃないですかあ、早く会いに行けるよう私も願ってますね」


入院してること、じいちゃんとばあちゃんは知らなかったんだ。良美叔母ちゃんにだけは母が知らせたみたいだけど。叔母ちゃんも気を遣ってくれて、俺の許可なく言うのは悪いと思ったらしく黙っていたんだ。俺だって高齢の祖父母を心配させたくなかったから、見舞いに来てほしいなんて最後まで思わなかった。叔母ちゃんはそんな俺の気持ちをちゃんとわかってくれていたんだ。だから退院したら、早く会いに行こうって決めてたよ。

その後今岡が持ってきたのが「コラージュ療法」ってやつだ。こういった心理療法は十九世紀の終わり頃から二十世紀の初めにかけて、フロイトの考えにより生まれた精神分析であり、そこから発展したものと言って良いだろう。

コラージュ（切り貼り遊び）とは、様々な素材（写真、絵、新聞、植物片など）を切って組み合わせて、主に平面の画用紙なんかに貼りつけるという制作方法でできる作品のことだ。このようなアートセラピーは医師（カウンセラー）と患者（クライエント）との間で〝対話〟という重要なコミュニケーションを意味する。言葉で上手く自分の気持ちを伝えられない人でも、芸術的表現技法で〝心〟を表現したり、安定を図ることができる。時には言葉よりももっと、心の奥深い部分で繋がることができる可能性も秘めている。

ある時談話室に呼ばれると、大量の雑誌を詰め込んだ鞄（かばん）を持って今岡が現れたんだ。それをテーブルの上に出し、ハサミとのり、白い画用紙を置いた。

「私と一緒にコラージュ作りませんか？　何かこころに引っかかったイメージを、簡単にでいいので表現してみましょう」

そう言って彼女は適当に雑誌を捲（めく）り、なにやらチョキチョキ切り出した。俺もよく理解しないまま彼女の真似をして雑誌を切った。今の俺はもう冷静にハサミを持てる。切った写真や絵を画用紙にペタペタのりで貼っていく。なんかわかんないけど、俺も途中から自分なりのこだわりや法則に沿って進めていることにふと気付いた。ここにはこの風景の写真、これとこれは隣同士に並べて——みたいな感じさ。今岡もどことなくメインのテーマがあるような作品に仕上げていってる。穏やかな会話を交えながら手を進め、二、三十分でお互い完成させた。

今岡は花や緑、自然の写真を中心に切り貼りした作品に仕上げていた。女の子らしいカラフルな出来映えだ。きっと彼女は、学生時代ノートも色ペンを駆使しキラキラに彩ったタイプだろう。人や動物の写真をポイントで加えつつ、どっかのページに載ってたであろう「ありがとう」という文字も貼ってたよ。

「矢吹さんはどんな感じですか？」

「俺のは別に上手くないですよ」

「上手い下手は全く関係ないので気にしなくて大丈夫ですよ」

俺は乗り物を中心とした作品に仕上げた。車やバイク、電車や飛行機をその型に切って、海が広がる風景の写真に貼って作った。今岡は「きれいじゃないですかあ」そう言ってくれた。

まあ仮に汚くてもそう言うだろうに。俺は出来上がった自分のコラージュ作品を見て少し爽（さわ）やかな感動を覚えた。楽しいとまでは言えない作業だったけど、それでもやってる間は僅（わず）かに〝夢中〟であったと思う。小さい子が一生懸命ブロック遊びをするように、クレヨンで殴りがきの絵を延々描くように、俺ももしかしたら、その瞬間童心にかえって〝夢中〟という次元の中で遊戯していたのかもしれない。

どっかへ出掛けたいのかな——後でそんな気持ち（イメージ）を語ったよ。

これが「心理療法」なのか。まるで心の奥深い部分が反応しているかのようで、またやってもいいとさえ思った。

交流分析、フォーカシング、内観療法など心理アプローチは数多（あまた）存在する。俺は今、いわゆる〝カタルシス〟（浄化法）ってやつを専門的知見に則り、自身で具現化した気分を味わった。

「そうだ、俺も元ミュージシャン、アーティストだったんだ」

今岡が持ってきたコラージュ療法、勉強になったぜ。「サンキュー今岡」

22

入院生活も悔しながらだんだん慣れてきた。だけど面倒なことは種々あったよ。まず思い出したのが、世の選挙のタイミングと被って国民の義務がここにも来たことだ。別室に来るよう順々に呼ばれて、知らない男の名前を投票用紙に雑に書いたよ。なんか腹が立つほどめんどくさかったのを覚えてるわ。

あと若い実習生みたいなのがぞろぞろと列をなしてやって来て、相手しなきゃなんないことがあった。俺たちという「勉強材料」はままごとでは扱えないような曲者ばかりだぜ。ひとり原因不明だが、喧嘩っ早いチンパンジー土門の癇(かん)に障ったおだんご頭は、大きな声を出されて半泣きになってたっけ。ナイスチンパンジー、俺だって一緒さ。ひよっこにご気分どうですかなんて言われりゃエルボーしたってお釣りがくるぜ。「さあとっとと帰れ帰れ！」

一度忘れもしない恐怖を嘗(な)めたことがある。深夜寝ていた時だ。なぜかいきなり室の明かりが点き俺は目が覚めたんだ。妙だなと思いつつも、ベッドから下りてスイッチの所へ行った。すると足下に、ぶりっと大きな、魑魅(ちみ)ではない丸みを感じ取った。何だと思う？

そこに見知らぬ老婆がうずくまってたんだ。俺ははじめワケがわからず直立不動になった。だが首をクイと下げると、呼吸と共に肩が少しだけ動いている老婆が確かに足下にいる。俺は徐々に底知れぬ不気味さを感じ、次の瞬間には全力で乱心した。するとむっくと老婆は立ち上がり、俺に近寄ってきた。何かゴニョゴニョ言いながら俺に触ろうとしてくるが、こっちはライブ仕込みの喉でさらに声量を上げて叫んだ。真夜中の精神科病棟という舞台を想像すれば、きっと読者にもこの恐怖が伝わるであろう。俺は無我夢中でナースコールの紐を掴んだが、あまりのパニックに引きちぎってしまったんだ。でもボタンを押すまでもなく、大声を聞きつけた看護師が駆け足で来てくれた。騒ぎで目が覚めたヤジ馬たちも三、四人ドアの外にいたよ。老婆は看護師に連れられ、自分の室へ帰っていった。俺を乱痴気させた罪深き謎の媼は、どこか遠い病室の認知症の患者だった。

後日、土方に涙ながらに訴えた。

「先生お願いします、今すぐ退院させてくれ、もう限界です、ここにいるのが……」

犬伏にも連綿と訴えた（この一連の騒動はほぼ実話である）。

あの黄色い御守りを握りしめ、お地蔵様にも強く祈ったよ。

23

季節は立派な冬になっていた。病院で出される食事も温かいものが増えた。おでんはマズかったけど、具だくさんのポトフはなかなかイケた。

一週間後、俺の退院が決まった。忌わしいここの生活(くらし)ともあと少しでおさらばだ。そう思うだけで元気もまた湧いてくるよ。「森岡、オサキニナ」

入院期間中はほとんどテレビを観なかった。〝観られなかった〟んだ。悲しいニュースや恐ろしい話題に、心乱されるのを意識的に防止していた。パワハラの末に若い社員が——とか、両親が幼い子供を虐待とか、そういうのを不意に観ちゃうのが怖かったんだ。胸の奥がソワソワドキドキする感覚が嫌いだった。せっかく個室でテレビがあったのに、ほとんど点けなかったよ。バラエティ番組で人気俳優が楽しそうに笑ってゲームなんかしてるのも、ひどくムカついたね。「芸無能人(げいむのうじん)」にはとりわけ反吐(へど)が出そうだぜ。

そんな中でも、自発的に観ていたのが「サザエさん」と「プレバト!!」の俳句コーナーだ。この二つだけは午後六時の夕食後、自室のテレビでおとなしく観てたっけ。

いつぞや、日本シリーズ第六戦も観た。横浜ＤｅＮＡベイスターズ対福岡ソフトバンクホークス。四対三でホークスが勝ち、二年ぶり八度目の日本一になった。第六戦ではサファテが素晴らしいピッチングを披露したんだ。九回から三イニングを投げて、十一回裏の見事なサヨナラを呼び込んだ。リリーフ登板のみだったがシリーズＭＶＰにも選ばれていた。しかもシーズンと日本シリーズのダブル受賞だったみたいよ。

俺はその一試合だけ、消灯時間を過ぎても暗い室のテレビで観ていた。懐かしい小さな思い出。負けたＤｅＮＡの選手を見ながら、ふと、俺はハマちゃんの顔を思い浮かべた。

24

退院の前日、土方と話した。

「お薬はきちんと飲んでくださいね。絶対無理しないように。じゃあ次は向こうで待ってますね」（向こうというのは以前から通院していたＸ市の病院のことだ）

「わかりました、ありがとうございます」

ついでに、ずうっと気になっていたことを訊いてみた。

「先生のお名前、源一郎って新撰組からきてます?」

「ああはい、お察しの通りですよ。私の父が新撰組や幕末好きでしてねえ、特に試衛館から一緒だった井上源三郎が好きだったみたいで。苗字がたまたま土方で、ほんで源三郎から拝借して長男の私に源一郎って。新撰組ファンの人はほぼ食い付いてくれますね、矢吹さんもですか？」——と、副長兼六番隊組長は笑みを浮かべて答えてくれたよ。

今岡も、当日は来られないからと前日にわざわざ顔を出してくれた。

「退院おめでとうございます。やっとおじいちゃんおばあちゃんに会えますね。あまり無理なさらないようにしてくださいね」

「ありがとうございます。いろいろとお世話になりました」

「私、洋楽ってあんまり詳しくないんですけど、以前お話で出てたビートルズやサイモン&ガーファンクル、最近少し聴いてるんですよ。『アメリカ』って歌好きです」

「ああ、サイモン&ガーファンクルの曲ですね。『明日に架ける橋』って歌もいいんでよかったら聴いてみてください」

「わかりました、今夜絶対聴きます！」

今岡はよく見るとやっぱりかわいかったよ。好きだった井佐江のおばちゃんの顔など、いろんなことを思い浮かべては浅めの深呼吸をし、俺は一人室（へや）で休んでいた。すると、コンコンとノックの音がして、はいと返事をすると犬伏が入ってきた。

犬伏は紙を持っていた。そして俺に「明日とうとう退院ですね」と言った。俺もとりあえず礼は言ったが、本題はそんなんじゃないことはすぐにわかった。犬伏が持ってきたのは、障がい者手帳のことについて書かれた書類だった。

障がい者手帳。身体や精神に障がいのある者が役所の窓口に行き、診断書と顔写真、必要書類一式を提出し交付されるもの。それを持っていると医療費の助成、公共料金や携帯電話料金などの割引、税金も優遇されるというメリットがある。犬伏が持ってきた紙を見て俺もこれらを知ったんだ。犬伏は「長期治療を考えれば金銭的にはなかなか得なこととは思うんですが」と言った。それはわかる、大いにわかる。しかし俺はショックだった。悲しかった。怒りたかった。俺は、自分が「障がい者」へ変容することに、そう呼ばれることに、とてつもない抵抗があった。偏見ではなく、ただ自分自身の率直な気持ちだ。

犬伏が出て行った後、泣いたんだ。悔しい涙が込み上げてくる。明日ついに退院できるっていう悦びも、これには勝てなかったぜ。俺は四分の一しか開かない室の小窓を、最後に一発だけ、殴ったんだ。

車から降りて久々に娑婆の空気を吸った。入院初日――あそこへ初めて連れて行かれた朝のことが遥か遠い昔のように思える。

退院日は母が仕事を休んで迎えに来てくれた。パジャマやタオルなど、私物をたくさん持って帰るために大きなバッグを持ってきてさ。長い間ここにいたけどこれっぽっちも寂しさなんてない。森岡、関村、土門は先輩でも出て行くのは俺の方が先だ。あばよクソ野郎ども。もう二度と会いませんように。

その日土方先生は非番でいなかったが、犬伏はじめ他の看護師にもかるく挨拶をした。母は犬伏に箱詰めのお菓子を渡していた。「どうもお世話になりました。ありがとうございました」そう言って母の車に乗り込んだ。懐かしいシートの感触、エンジンの軋む音。

こうして、俺の人生初めての入院生活は幕を閉じたんだ。

娑婆の空気は乾燥して冷たかった。母と帰路の途中、ウィーダに寄ってすき焼き用の肉や野菜を買った。退院祝いに食べたいとリクエストしたのさ。長らく俗世から隔離されていたおかげで、馴染みのスーパーでの買い物もなんだか楽しい。ポテチやビスケット、プリンもついでにカゴに入れた。慣れ親しんだ近隣のレストランやCDショップ、氷室書店も以前より少し高尚に見える。俺は一つずつ、この町の思い出に新しい色をつけていくように見回した。

父の墓参りもした。ちょっと前まで、俺もそこへ入るぐらいの勢いだったから不思議な気持ちになったよ。

「父さん、ありがとう。なんとか踏み止まったよ」——そう心の中で伝えた。母も隣でずっと手を合わせていた。きっと俺と同じようなことを思ってたろうな。母の背中の丸みも、久しぶりに見たらまた肉がついていた、そんな丸みだった。

25

我が家に帰ってきた。庭は多少きれいになっていて、以前はいっぱい生えていた蕺草も今はほとんど抜き取られていた。あれ触ると臭いんだよな。俺のスズキの車、フロントガラスに鳥の糞が付いてたよ。やっと玄関のドアノブを握った瞬間、本当に、心の底から安堵したんだ。

俺はまずリビングのソファーにぐでんと横になった。大きく息を吸って、大きく吐いて、ゆっくりと目を閉じた。俺は何度も心の中で「やっと帰ってきたんだ」と、その言葉ばかりを繰り返していた。これも毛色の違う〝郷愁（ノスタルジー）〟かな。
かるく起き上がりテレビを点けた。お昼の情報番組だ。司会者もコメンテーターもみんな笑って楽しそうだ。病院ではこういうのを観るのですらツラかったんだけど、帰ってきた安心感からか、そこまでストレスを感じることなく視聴できた。やはり「環境」と「ストレス」というのは大いに密接しているのだと、五臓六腑（ごぞうろっぷ）で知ることができた。「引っ越し」「転勤」「転校」という環境変化は、思っている以上に心に負担がかかる。これは心理学的にも明らかであり、人類にとって普遍的な感情だ。読者のあなたにも身に覚えがあるのでは？

お昼は母がちゃちゃっと五目そばを作ってくれ、すき焼きは夜食べたよ。旨かった。あのほんのり甘い香りが昔から好きだった。食後は土方に言われた通りきちんと薬を飲んだ。ミック、キース、ＳＲＶ、オズボーン。このオズボーンだけ一日一回夕食後に服用した。睡眠薬もマルコムやアンガスを飲んでいた。眠れないのはほんとにツライから、いつでもすぐ飲めるよう、枕元にペットボトルの水と一緒に置いてたよ。薬を飲み続けるっていうのはやはりストレスだ。中でも俺が飲んでる薬は、心のオンオフのスイッチを人為的に押すために飲んでるかのような気がする。飲むと何かがスーッと引いていくような感覚。気道が若干膨張し涼しくなる感じ。はじめは気持ちいいんだ。

我が家に帰ってこられたという悦びも、二、三日過ぎるとだんだんと薄れていった。ここでもやることは一緒、寝て起きて、食事して薬飲んで、ボォーッとしてまた横になる。アンニュイに回る時計の針……。テレビを観るのはやっぱり邪魔くさかったぜ。音楽を聴くのも本を読むこともなかなか気が進まない。母に「家の周辺ぐるっと散歩でもしたら？」と言われたが、そんなやる気も到底起こらない。ライブをしたり、SEXしたり、そんなことをやってたのが嘘みたいだ。入院中もずっとソワソワして、じっとしていられなかった。〝待つ〟ことができない。嫌いなおっさんが先に風呂場にいたら、おっさんが出るまで待つってのができなかった。だからその日の入浴自体やめる、と即断した。

そんな状態だから、俺はもう二度と人前に出て歌うなんてこと、できないと思っていた。じっと座ってギターを鳴らし、ピアノを弾いて歌うなんて、ほんとにもう一生無理だとね。電車やバスにじっと座って乗ること、映画館で映画を観ること、病院の待ち合い室で呼ばれるまでじっと待っていること、俺にはもうできません——本気で思っていた。幾度か頭の中で、あの手帳がチラついたよ。

そしてそんな俺を見て、母も心持ちイライラしてる様子がわかる。まあ無理もない。母は用心して、包丁やカッターなど危険なものはどこか別の場所で保管してたんだ。俺は退院後も時折自分を痛めつけた。壁やテーブルに頭突きしたり、頭を殴ったり。そのたんびに母に怒られたよ。ある時こう言われた。

「まだ全然治ってないのに、だから私は今退院するんは反対やったんよ！」

こんな息子が傍にいて、母のストレスも相当蓄積され甚大な心の傷を負っていたに違いない。

ふぅー、すまんね。


この時、かなり久しぶりにタバコを一本だけ吸ったんだ。引き出しの中にメンソールのポールモールを仕舞ってあった。今更だが、ポールモールは「ルパン三世」の次元が吸っている銘柄だ。俺はそっと銜え、先端に火の命を灯すようにゆっくり吸い込んだ。浮遊する煙を見て、今この一本が意味を宿したことを認識した。肺に流れついた間遠（まどお）のニコチンが、俺を少しだけかつての俺に戻す。リョウコさんを想いながら吸ったあの日のラーク。リンとの後戯で回し吸いしたこのポールモール。追想の煙が霧散したのを最後に、俺は今日まで一本も吸っていない。

（〝今日〟がいつまでもつかは知らないぜ）

26

今年も残り少なくなってきた。一週間ほど経過し、退院後初めて通院した。送り迎えは、母は仕事で忙しかったので良美叔母ちゃんにお願いした。

叔母ちゃんの丸いマーチが家の前に着いたのがわかった。俺はまだパジャマ姿だ。チャイムがやかましく鳴り響いたが開けるのをためらった。行きたくない。子供が学校を休みたがるように具体的な理由は特にないんだけど。でもせっかく来てくれた叔母ちゃんにこれじゃあ申し訳ないから、渋々着替えて丸い車に乗り込んだ。叔母ちゃんは「洋平、気分はどう？　夜は寝れよん？」と訊いた。俺は適当に取り繕った。家を出る際、今日は雲が多いなあと思っていたら、十分ぐらい走るとポツポツ降ってきた。規則正しく動き出したワイパーがなんだか滑稽に見えたよ。さらに五分ぐらい走っていると、何かに両耳と心が急速に反応した。カーラジオから、あの曲が流れてきたことに気付いたんだ。

「When you're weary……

……I will dry them all」

サイモン&ガーファンクルの「明日に架ける橋」だ。俺が病院で今岡に教えた曲。

「僕が逆巻く流れを越える君の橋になってあげよう」

俺は静かに、屋根を打つ雨音も気にせずに聴いた。洋楽に疎(うと)い今岡の心に、はてどう響くかはわからないが、俺はやっぱりこの歌が好きだ。車はX市の病院に着いた。


入院するずっと前から通っていた病院。地(じ)のゆるキャラ、すだちくんのポスターが迎えてくれる待ち合い室だ。診察券と保険証を渡した後、機械に腕を突っ込み血圧を測る。正常な数値だ、熱もない。

叔母ちゃんと並んでビロード張りのシートに座った。じっとしていられるか不安だったけど、叔母ちゃんが隣にいてくれると思うと少しは落ち着いていられた。(俺何歳だっけ?)

呼ばれるまでは目の前にあるテレビを観ていた。夕方のワイドショーだ。現役の横綱が後輩力士の頭をカラオケのリモコンで殴ったとかで、それはもう一大騒動となっていた。俺はわりと好きな横綱だったからこの報道にはびっくりしたよ。叔母ちゃんも隣で、へえとかふうんとか、小さな声をふと出しつつ結構真剣に観ていたな。その横綱はしばらく経って結局、責任を取って引退したんだけど、被害者の力士の方ものちに、ほぼほぼ同じ行為を下の力士にやっちゃって相撲界を去るっていう、なんとも言えぬマヌケな茶番で終息した。

やっと俺の番がきて土方先生と対面した。土方に会うこと自体はそんな間が空いてたわけでもないのに、環境が変わっただけでなんだか照れくさい気持ちになったよ。

「こんにちは、どうですかその後？」

「はい、家でゆっくりしてます」

「外出はあんましないですか？」

「はい、ほとんどないです」

「まあボチボチでいいですよ、最近また冷えますからねえ。規則正しい生活はなるべく心掛けてくださいね。夜は眠れてます？」

「薬飲んだら多少は」（この質問は何年も、耳に胼胝（タコ）とイカができるほど聞いたぜ）

「ほな良かった。前は飲んでも寝れんて言うてたんでね。しっかりごはんも食べてくださいね。お薬もまた出しときますぅ」

「はい、そうします、ありがとうございます」

変わらぬ土方のカウンセリングだった。先生は俺の言葉を丁寧に聞きながら、いつも優しく穏やかに相槌（あいづち）を打ってくれる。だからこっちも話してみようという、微量ではあるがオープンな気持ちになる。かつてマズローやロジャーズが提唱した心理学の礎が、平成末期の日本でもしっかり機能している。

帰りの車の中で、診察の間ずっと付き添ってくれていた良美叔母ちゃんも「土方先生、感じのええ人やなあ」と言った。うん、俺もそう思うよ。

その後、自宅へ帰る前に叔母ちゃんと一緒に祖父母の家へ行ったんだ。二人の顔、久しぶりに見たい。東京に住んでいた頃の次回会うまでのインターバルに比べれば、全然大したことない期間なのに、なぜかとても遠い存在のように感じられた。

じいちゃんもばあちゃんも俺の顔を見るなり「あれえ洋平ー、えらい久しぶりやなあ、何しょったん、仕事忙しかったん？」と口を揃えて訊いてきた。俺はそこで初めて、自分の口で入院の事実を告げた。病名はうまく濁したけどね。二人とも少し驚きはしたが、孫の顔を確認して何はともあれ安心したらしい。ばあちゃんが「ほんまにしんどかったらウチ来るんも無理やわ。来れるぐらいの元気はあるんやけんまあ良かった良かった」と、いみじくも言った。確かにそうだ。でも、こんな蒼白い病んだ顔を二人に見られるのは正直恥ずかしかった。今岡に吐露したように会うのは楽しみだったんだけど、避けたい思いも同じくらいあった。複雑な心情だまったく。

じいちゃんは寒いからか、部屋でもニット帽を被ってたよ。熱い湯呑みを片手に、テーブルで日記を広げていた。日記を書くのはじいちゃんのライフワークだ。その後スマホをいじったりハーモニカを吹いたり。ハイカラないつものじいちゃんだ。

良美叔母ちゃん含め四人で一緒にカステラとクッキーをおやつに食べた。テレビを点けるとまだ相撲の話題で賑わっている。よく知らない元力士らしいコメンテーターが、相撲界の実情や裏側を知ったかぶった口調で話してたよ。

祖父母の顔は優しかった。安らぐ声色。俺はホッとし、少し泣きそうになったぜ。


それからは淡々と日々が過ぎていった。テレビから流れる曲もクリスマスソングから新年を祝うような曲に替わった。二十五日と二十六日では世界がパッと、露骨に変わるからおもしろい。昨夜、ＢＳで放送されていた「素晴らしき哉、人生！」、今の俺にもってこいなのに、気付いた時はすでに終わってたよ。俺は基本自宅でゴロゴロし、入院時と違いお菓子もしょっちゅう食べたのでちと太ってしまった。

年末年始の休みに入る前に、もう一度叔母ちゃんと一緒に通院した。どうもオズボーンを飲むとダルくなるって土方に言ったら、この日から処方をやめてくれた。薬が一つ減った、それだけでなんか嬉しかったな。

そう言えば退院前に犬伏に教えられた「障がい者手帳」の件、俺は結局頑(かたく)なに申請しなかった。その頑固さが、もしかすると却って良かったのかもしれないと、随分後になって思うようになったよ。


そして新しい年になった。おめでとうと言える気分ではないが、よく利用していたお店から僅かに届いた俺への年賀状には、きれいな「おめでとう」の文字が印刷されていた。

元日から三日ばかし過ぎた頃、俺はまた祖父母の家へ行った。自分一人で、自転車に乗って行ったんだ。大きな進歩、まるで冒険をしに行くドキドキ感さ。今も若干それが胸に残ってるよ。希代澄の新年の風を受けながら、俺は映画「大脱走」で、ゲシュタポを撒いて逃げるジェームズ・コバーンのように、飄々(ひょうひょう)とした面持ちでペダルを漕いだ。冬の冷たい風が、ほんの少し俺の目を覚まさせたのかもしれない。視線の角度を上げると、進行方向とは逆さまへ、上空を鴉(からす)が一羽飛んで行くのが見えたっけ。

じいちゃんばあちゃん、良美叔母ちゃんと新年の挨拶を交わし、かるく談笑してまた一緒におやつを食べた。三人とも俺の病気については一切触れてこない。安穏な話題だけがその空間を包んでたよ。ばあちゃんは髪を短く切っていて、よりかわいらしく瞳に映った。

帰る間際みんなで写真を撮った。じいちゃんは写真も好きでね。俺はこんな蒼白い顔で記録されるのは正直遠慮したかったが、祖父の要望だしと思ってフレームにおさまった。祖父は前に来た時もそうだったけど、今日もニット帽を被っている。部屋の中でも。

「じいちゃん寒いん？　いやあ、ずっと帽子被ってるんなんか気になって」

「うん、ちょっとな。ワシ寒いん好きとちゃうんよう、洋平もそやろ？」

「ふふっまあね。風邪引かれんでよ」

「ありがと」

27

幾日かが流れ、俺は少しずつ〈行動〉できるようになっていた。一人でコンビニへ行ったり、好きな映画のＤＶＤを借りてきたり、ちょっと遠くまで散歩に出掛けることもあった。祖父母の家にもまた一度行ってみたんだ。祖母と、先頃同居するようになった良美叔母ちゃんだけが居間にいた。当然気になったので漫ろ(そぞ)に訊いてみた。「あれ、じいちゃんは？」すると叔母ちゃんが「今お昼寝しよるわ」と言った。俺はふうんと一応納得し、些(いささ)かおとなし目に閑談した後、祖父の顔を見ることなく帰ったんだ。

「じいちゃん、また来るよ」——自転車の冷たいハンドルを握り、顔を浮かべた。

服薬中のため、ずっと控えていたアルコールも微量飲むようになった。ブランデーをコップに少しだけ入れ、口に含ませるぐらいの速度で呑んだ。喉がギンと刺激され、刹那に躰が熱くなり、テンポのいい鼓動音が懺悔（ざんげ）の如く聞こえてきた。

数カ月ぶりにギターにも触った。この木の匂い、感触、封印から解き放たれたブロンズ弦の音色。かつての俺はこれを毎日弾いていたんだ。長期間弦を緩めていなかったからネックが反ってないか心配だったよ。

俺はレイコさんやワタナベ、そして直子たちとの空間に混ぜてもらった気分で、まずヘンリー・マンシーニの「ムーン・リバー」を弾いてみた。暗譜（あんぷ）もそれほど抜け落ちていなかった。ジミヘンの「パープル・ヘイズ」では、後のギタリストにも多大な影響を与えた、いわゆる「ジミヘンコード」に辛苦した。増9度のGの音を押弦するのに薬指と小指が思うように開かないんだ。くそぉ。続けてビートルズの「ブラックバード」をポール流ツーフィンガーで弾いてみるが、こちらは右手薬指に妙な違和感を覚えた。次に「イエスタデイ」「インマイライフ」を爪弾（つまび）いてみるも、やっぱり薬指が素直に働いてくれない。ヤキが回ったもんだぜ。「習得」

にはすごく時間がかかるのに「遺失」はあっという間なんだな。悔しいから今度はピックを持って「ノーウェアマン」そして「ノルウェイの森」をストロークでジャカジャカ弾いた。うん、これならなんとかなるな。

今テレビはどのチャンネルも大抵「平昌オリンピック」の話題だ。一気に人気者になったカーリング娘たち、俺も耳目をひかれて真剣にゲームを観ていたよ。

しかし主役はなんと言っても、男子フィギュアスケートの羽生結弦だった。彼はスポーツ史に残る最高の演技を披露し、見事二大会連続の金メダルを獲得した。

あんなに観たくないと思っていたテレビも、今では特に問題なく視聴できる自分がいた。ただ忌わしいあのコマーシャルだけは、映るたんびにやっぱり俺をムカつかせたよ。

少し風が強かった週末、氷室書店である一冊の本を手に取った。サリンジャーの『ライ麦畑でつかまえて』だ。題名は知っていた。読んだことはないが世界的ベストセラーというのも知っている。長らく本からは遠ざかっていたのに、俺はそれを買って帰ったんだ。何に惹かれたんだろうか――。

俺は読書を楽しんだ。ウイスキー・コークっぽいただのコーラを注ぎ、はじめに、かつて何度も読み返した『成りあがり』をペラペラっとまた読んでみた。永ちゃんの陰翳に富む語りで綴られた自伝的著作に、少なからず俺も影響を受けたっけ。中島敦の『山月記』は殊更胸に響いた。いつだったか、播磨さんに有頂天ヒルズに呼ばれ、自分一人だけ、ぬけぬけおめおめと小股を掬うつもりでいた。飢え凍えようとする妻子のことより、己の詩業の方を気にかけていた李徴と、まるで同じだと思ったね。俺の臆病な自尊心と尊大な羞恥心が、リョウコさんの眼前で、虎よりも醜悪な豚の姿に変えたんだろうなと、現在のこの心で慮ってみた。

一旦間を空けたのち、その『ライ麦畑でつかまえて』を読んでみた。じっとしていられなかった俺が、わりと文量のあるコレを今静かに追っている。三日ぐらいで読み終えたかな。主人公のホールデン・コールフィールド、なんか俺みたいだ。学校を飛び出してニューヨークという都会に出てフラフラしている少年。結構デリケートで落ち込みやすい性格も似てるな。でも永ちゃんみたいなエネルギーも持ち合わせている。人を愛する心も持っている。

ホールデンは娼婦を5ドルで買って一発ヤろうとするが、気が滅入っちまい結局話だけして帰らせた。そこんところは俺にはできないなと思ったよ。ヤらず仕舞いなのに、後になって係の男に、実は代金は10ドルだって言いがかり付けられて殴られるから、現実なら最悪っていうか、惨憺たるオチだよな。

ジョン・レノン殺害犯として知られるマーク・チャップマンは、この本が愛読書だったということもまた有名だ。精神状態にやや問題がある人間の心に、特別な何か〝効き目〟があるのかもしれないな。

もうすぐ、また季節が変わる。次は暖かい、芽が萌え出る季節、春。「待ち望んだ春」などと形容されることも多い。でも今度の春は、来なければ良かった。

俺は春が来るたびに、いつも、「この春」を思い出すから——。

28

希代澄にそんな春が訪れた頃、じいちゃんが死んだ。少し落ち着きかけた〈心〉が、再び千々に乱れた。

その一週間前、どうもじいちゃんの体調が良くないという声がどこからか聞こえてきた。俺は自転車に乗って久方ぶりに会いに行った。ずっと健康でいた祖父のことだから、調子が良くないと言ってもちょっと風邪で寝込んでるぐらいで、たぶんすぐ元気になるんだろうと仮初(かりそめ)の思想（おもい）でいた。けど扉を開け部屋に入ると、そうとは違うと瞬時にわかったよ。

じいちゃんは俺が病院で寝ていたような医療用ベッドの上にいたんだ。在宅医療の人たちが運んでくれたと良美叔母ちゃんから聞いた。口には酸素マスクが付いていて苦しそうに息をしている。高を括っていた分その状況に戸惑い、暫時茫然（ぼうぜん）と立ち尽くすほかなかったよ。ばあちゃんは何も言葉を発することなく静かに見守っていた。二人は意想外に冷静だったが、俺はびっくりして言葉すらまともに出なかった。だってこんなじいちゃん見たことがなかったから。俺はひたすら込み上げてくる涙を全力で我慢した。じいちゃんを見ていると無理だから、視線をわざとらしく外の景色に向けながら。祖母と叔母はある程度見慣れたのか、それとももう覚悟しているのか、やっぱり冷静な面持ちだ。だから俺一人泣くわけにはいかなかった。泣いたら、・・・・・・ホントにそうなる気がしたから。けれど、もう時間が迫っているというのはさすがに俺でも汲み取れたよ。

俺の脳内にいるじいちゃんは白髪（しらが）頭で、全く禿（は）げていなかった。でもベッドの上のじいちゃんはフサフサだった髪がほとんど抜け落ちていた。以前、なんでずっと部屋の中でもニット帽を被っていたのか、やっとワケを理解したんだ。

俺が市役所に勤めていた頃からわかっていたらしい。病気はがんだった。けど高齢だし、時々入院しながら手術は受けずに治療してたんだって。全然知らなかった。ニット帽しか気付かなかったぜ。叔母ちゃんも俺の心労を気遣ってくれて、あえて暗黙していたみたい。

粛とした部屋の中、鳴るのがピッ、ピッという人工呼吸器の冷然たる音だけ。俺は涙がこぼれ落ちる前に帰ろうと思った。その時だ。突然じいちゃんの声が響き静寂（しじま）が破かれた。

「ションベン！」

結構大きな声だったからびっくりしたよ。祖母と叔母は協力し合い、病床のじいちゃんに溲瓶（しびん）を用意した。俺は後ろを向きつつ、昔読んだ川端康成の『十六歳の日記』を思い出したっけ。

それがきっかけで祖父は目を覚ました。すると良美叔母ちゃんが「じいちゃん、洋平が来てくれたでよ」と、やや大きめの声で言った。朧（おぼろ）げな視界の先にいる俺を発見したじいちゃんは、第一声にこう言ってくれたんだ。

「……ようワシ、今まで生き延びとったなあ……」

《じいちゃんは俺が来るまで、ちゃんと待っててくれたんだ》

そう思うと、一度引いた波が今度はもっと大きな波となって返ってくるように、グワッと涙が込み上げてきた。

が、もっと苦しかったのはその次の言葉だ。

「なんねんせいになったん?」

俺に向かってそう訊いたンだ!――毎日毎日、呆けんようにと日記を欠かさずつけていたじいちゃんがそんなこと言ったンだ!

祖母はかるい微笑(ほほえ)みを浮かべ「もう立派な大人になっとうでよ」と言った。俺はついに堪(こら)えきれず、ちょっと電話してくると嘘をつき、誰もいない二階へ行っておもいきり泣いた。聞こえると恥ずかしいから静かに、でもおもいっきり泣いた。泣きまくった。

一旦涙を拭(ふ)いてまた戻ったけど、もう正常にはいられる自信がなかった。するとじいちゃんが俺の顔を見て、今度は「ベンジョ」と言った。俺がまだ小さかった時分、この家の水洗トイレを詰まらせたことがあった。なかなかの騒動になったそんな昔の珍記憶を、祖父は今わの際に思い出したんだ。祖母と叔母も「そんなんあったなあ」と言って笑ってたっけ。俺はまた涙が溢れ出そうになったからそろそろ帰るわと言った。

「じいちゃん、また来るな、バイバイ」

直後だ。じいちゃんは細くなった腕をしっかりと持ち上げて、俺に向かってバイバイって、ちゃんと手を振ってくれたンだ! 息も絶え絶えなのに、ちゃんと、――

「ちゃんと手を振ってくれたんだ!」

帰路の途中、俺は人影のないところで自転車を止め、またおもいきり泣いた。うららか、なんてやめてくれ。今度は賢治の、あの詩の一文が、頭の中に流れてきた。

29

俺は数カ月ぶりに車を運転した。退院以降、危ないからとずっと控えていたんだ。冴えたスイフトのハンドルを握り、やや緊張しつつアクセルを慎重に踏んだ。県民性なのか、右左折の寸前ちょこっとしかウインカーを出さないドライバーに懐かしいストレスを感じながら、一人遠くのお寺へ向かった。そこには健康長寿で有名な御守りがあると聞き、祖父のために買いに行ったんだ。しっかり手も合わせてきた。そんなの、半分は馬鹿げてるって思ってるさ。けどそうすることが、ある意味自分自身への慰めでもあった。

自宅にいても全く落ち着かない。テレビの内容も耳に入らず、ただひたすら祖父のことだけが脳裏をよぎる。全身がグラグラと不安定に揺れてる気分だよ。そんな俺を見て、母も再び心配そうな顔になっていた。でもきっと、きっとじいちゃんは元気になる。だって、あれだけ健康に留意していたんだから。露天風呂にまで気を配ってたんだぜ。それに御守りも買ったし――。

次の日、御守りを持ってまた見舞いに行った。やっぱり酸素マスクを付けて、苦しそうに一生懸命呼吸をつないでいる。溢れ出ようとする涙を堪えて、ポケットから御守りを出した。するとそれに気付いた良美叔母ちゃんが、寝ている祖父の肩を懇ろ(ねんご)にトントンし「じいちゃんじいちゃん、洋平が御守り持ってきてくれたでよ」と言った。その声を聞くことができたのか、じいちゃんは反応し、ゆっくり、うっすらと目を開けた。祖父は確実に以前より衰弱している。再度叔母ちゃんが「良かったなあじいちゃん、コレ写真撮っとくぅ？」と訊いた。写真が好きだった祖父は「うん」と一ぺん、首を少し動かした。意識はあるが、この日はもう声も発せないほどだった。俺はまた泣きそうになったよ。次は横にいたばあちゃんが「洋平はほんまに優しいなあ」と言ってくれた。すると今度、じいちゃんは「うん、うん」最後にもう一回「うん」と、三回も頷いてくれたンだ！　俺は心から嬉しかった。この日のことは今もはっきり覚えている。真の愛情をカタチあるもので見たような、そんな神秘的な瞬間だったかもしれない。

帰る時、そっとじいちゃんに、

「ほなもう帰るな、ゆっくり寝えよ、バイバイ」

と言った。

じいちゃんはまた、前回と同じようにその細い腕をしっかりと持ち上げて、俺に向かってバイバイしてくれたンだ！　ちゃんと生きてるンだ！　俺は必死に、もう限界まできていた涙をぐっと堪え、じいちゃんにバイバイをした。見えてるのかわかんないけど、俺もちゃんと手を振ったんだ。

黄昏（たそがれ）ゆく街で、無力な涙が口角から滑り入（い）ってきた。

これが最後のバイバイになったよ。祖父は明朝、息を引きとった。有名だというあの寺の御守りの効力は全くなかったことが証明された。

30

父の時同様、祖父はあっという間に死んじゃった、そんな気がした。

「じいちゃん、もっかい神山温泉行こうよ。東京オリンピックまではいけそうかなって言うてたでえ」——仕度しながら思った。

大好きなじいちゃん。音楽と花を愛していたじいちゃん。早世した父の父、俺にとっては祖父であり父でもあった。男の数が最小になったよ。

母は後から出ると言って俺は一人向かった。その途中で氷室書店に立ち寄った。新しい日記帳を一冊買ったんだ。じいちゃんが天国でも書けるように棺（ひつぎ）に入れてあげようと思ってね。三年版か五年版か考えている時に、ふと店内のＢＧＭに耳が止まった。アレだ、サイモン＆ガーファンクルの「明日に架ける橋」だ。以前通院の道すがら、確か良美叔母ちゃんの車の中でも聴いた。今度は優しいインストゥルメンタルだ。俺はまた、思い出してしまった。「あの時聴いたその日は、じいちゃんは普通に生きていたんだあ」——病院の帰りに寄って、一緒にカステラを食べた。ワイドショーを観ながら横綱の進退についてあれこれ喋った。チェスでは、ビショップで小粋にチェックメイトされたっけ。立って歩いて、笑って話をしていたじいちゃんの柔和な顔が浮かび、俺は再び泣きそうになった。急いで日記を買い、ジェルソミーナを想い夜の浜辺で泣きじゃくるザンパノの如く、俺も車の中で嗚咽（おえつ）したんだ。

祖父は洗礼を受けており、キリスト教式に天国へと旅立った。神父さんは、祖父は死んだのではなく〝神にお近づきになったんだ〟と言った。

俺は買ってきた日記をじいちゃんの耳元に置いて永遠のバイバイをした。大好きな花たちが、優しかった祖父の温容を包み込むように鮮やかに彩られていた。キリスト教式でも、じいちゃんが眠っているのは親父と同じお墓の中さ。


俺はじいちゃんが長年したためていた日記を、初めてこっそり読んだ。亡くなる二カ月前のページにこう書いてあった。

「今日も良美がせっせと看病してくれた。ついでに洋平の体調のことをたずねてみた。良美は、その内良くなるよと言っていたが、小生にはどうも信用できん」

力のないかなり震えた字だったけど、ちゃんとそう書いてあった。じいちゃんは最後まで、こんなにも俺を愛してくれていた。最期まで俺のことを気にかけてくれていたんだ。その《愛》を受け取った瞬間、また止め処無く涙が溢れてきた。

じいちゃん、ずっとずっと、大好きだよ。

「ありがとう」

心の奥深くからこの気持ちがまるで手に取るようにわかった時、《俺はなぜか〝救われた〟気がした》。

希代澄公園に咲いたソメイヨシノ、じいちゃんも見たんだって。

「きれいなんはウチの庭の花が上じゃわあ」

そう言ってたって、後日ばあちゃんから聞いたよ。

31

祖父の死後約一カ月、俺の精神状態は始終不安定だった。母も気を遣ってか、ほとんど話しかけてはこなかった。少しでも思い出せば幾らでも泣けた。祖父と一緒に撮った写真の数の分、涙の準備は整えられる。じいちゃんのピースは大抵裏ピースだったよ。

俺は自室に閉じこもるようになった。いつ涙が溢れ出るかわかんないから、ここにいれば誰にも見られなくて済むし――。せっかく落ち着いてきた矢先にこの仕打ち、神の所業をひどく呪(のろ)い、恨んだぜ。

俺はじいちゃんに会いたくて、部屋の窓に手を伸ばした。この窓はあの窓とは違い、思う存分全開できる。頭から落ちれば二階からなら十分だ。俺は窓に後ろ向きに腰掛け、ゴロンと倒れるように落ちようと考えた。でもなかなか踏み切れない。恐怖心と孤独感がさらに俺の涙を煽る。すると、きっと何かを察知した母が、突然部屋の扉を勢いよく開けた。

母は泣きながら駆け寄ってきて、俺を強く抱きしめこう言った。

「洋平、ツライなあ、寂しいなあ。でもアカン、ゼッタイアカンよ。お母さんのためにもそれだけはせんといて！　そんなんしたら私やって生きていけん。それに自分から死んだりしたらみんな地獄に行くんでよ！　天国には行けんのでよ！　じいちゃんは天国におるんやから死んでも会えんのでよ！」

母はいつまでもワンワン泣いていた。ここまで俺は人を悲しませてしまったんだ。

少し冷静さを取り戻した俺は、ゆっくり母の言葉を反芻する。俺はなにもかも自分の都合の良いようにいくわけがないと、今までの人生で少しは勉強したはずだ。なのにまた、自分本意で、物事を勝手に進めようとしていたことに気付いた、やっと。

「そうだ、じいちゃんは天国にいるんだ。俺はもう少しで地獄に行くところだった」

そして、忘れかけていたあの気持ちを思い出した。

《俺はなぜか〝救われた〟気がした》

救われたような……

それからの俺は、足繁くばあちゃんに会いに行った。無性に会いたいと思った。ばあちゃんはいつもにこにこと迎えてくれる。良美叔母ちゃんもだ。俺はばあちゃんにこの顔を見せてあげたいと思ったんだ。祖母の笑顔が俺を心から安堵させる。毎日飲む薬より何倍も清らかだ。時折出るじいちゃんとの睦まじいエピソードも澄み切った水のように美しい。祖母や叔母と穏やかに喋っていると俺も無理なく笑顔になれた。こんな風に笑えるなら、自分はもうなんでもない普通の人になれたんだ、ばあちゃんの普通の孫にね。ホールデンが妹のフィービーを大事に想うように、ばあちゃんが心から愛しい。ばあちゃんをもっと笑顔にしたい、そんな〝愛する誰か〟を想う気持ちが、俺の心を洗浄し強くさせた。

「ありがとう、じいちゃん」

病で死んでしまった弟アリーのことも、ホールデンはずっと変わらず、ちゃんと愛しているように、俺も祖父を想った。ほんとうさ――。

じいちゃんは最後の最後に、自分の命を終わらせてまで、俺に大切なものを気付かせてくれた。その命と引き換えに、俺を救ってくれたんだ。
砕かれていたココロノカケラを、とうとうすべて拾い集めた。
俺は、救われたンだ！

32

夏になると、俺は隣町のインドカレー屋でホールのアルバイトを始めた。もちろん土方先生と決して無理をしないようにと約束してだ。オーナーは日本人だったが、一緒に働く店舗スタッフに、ドゥルーヴとアリというインド人がいた。二人ともユニークで優しくて、かわいらしいオッサンだったよ。俺たちは仲良しトリオで、忙しい日曜のランチタイムも協力し合い、あくせく楽しく頑張った。

殊にナンが美味しいって評判の店でね、俺はよく余ったのを母に持って帰ってあげたよ。ばあちゃんや叔母ちゃんにもだ。いつも喜んでくれたさ。ばあちゃんはほうれん草のナンと、キャラメルシロップと粉砂糖がかかったデザートナンが好きだと言ってたよ。俺は焼肉屋での勤務経験を生かし、すぐさまエース級の働きを見せた。誰がなんと言おうと俺の仕事っぷりは申し分がなかったと思うな。やんわりヘッドハンティングもあったこと、自慢させてもらうぜ。

親友のたんちゃんに久しぶりに電話をかけた。彼も第一声「えらい久しぶりやなあ、ＳＮＳの更新もなかったしなんかあったんかなあって気にしてたんよ。元気やった？」と若干上げ調子で訊いた。俺は「まあボチボチやってるよ」と言った（病気や入院の件は伏せてあったんだ、どうも気恥ずかしくてね）。

〈友達に電話をかける〉至極なんでもない行為かもしれないが、自分の意志を発信源として機能している事実が、俺を嬉々とさせた。

俺は「また遊びに行くわな」と言った。


ジュンタさんにも一度電話したんだ。いろいろとご心配かけてすみませんと謝罪した。彼は「心配してたけど退院できたんなら一先ず安心したよ。またいつでも連絡ちょうだいな」――そう寛厚の声を聞かせてくれた。

俺はいい友人に恵まれたよ。

33

バイト代をはたいて、俺はギブソンのアコースティックギターを買った、高かったぜ。今、カレー屋のバイトがない時間に、月に三回ほど徳島県内の某小学校を訪れて、生徒にギターを教えてるんだ。その学校は小生意気に、音楽の授業で四年生からギターの練習があってさ、まありコーダーの延長みたいな感じかな。で、そこの音楽の先生が学生時代の友人で、俺に外部講師として来てくれないかと連絡があったんだ。

四年五年六年生と教えに行った。一学年二十人くらいだったけど、ちゃんと一人一機、クラシックギターが渡るようにハードケース付きで用意されてるんだ。羨ましい……。はじめ、俺が挨拶代わりに子供たちも授業で歌うという「カントリーロード」を演奏したら、先生も含めみんな拍手して喜んでくれたよ。

四年生五年生はまだ手も小さいからか「チューリップ」や「さくらさくら」みたいな曲を単音で練習していた。けど六年生ともなると、これまで四年五年と二年間やってきた分、難易度高めのアップテンポな曲も上手に弾いてる子がいたよ。

一人、五年生にテツヤくんという男の子がいた。ちょっと難しい性格の子で、友人の先生もやや注意して接していた。なんとなく、森岡の顔が脳裏をかすめたよ。

テツヤくんは俺と一切口を利こうとはしなかった。如才ない応対で、どこか弾き方でわからない箇所があるか尋ねてみても、たまに頭を縦に振るか横に振るだけ。一度も声は聞いたことがない。

でも三月、俺が講師として来るのが今日で最後って日、とても嬉しいことがあった。これまで指導してきた生徒みんなが、俺への感謝の言葉を書いて一冊にまとめた冊子をくれたんだ。高橋さんて女の子は字がとてもきれいだった。ダイスケくんは俺のおかげでギターが好きになったと書いてくれている。それでびっくりしたのがテツヤくんのメッセージだ。テツヤくんはA4の紙いっぱいに、誰よりもいっぱいに感謝の気持ちを書いてくれていたんだ。

「――ぼくも矢吹先生みたいにギターがうまくなりたいです。矢吹先生の演そうを聞くのが好きでした。またこれからも教えにきてください。次にぼくらが6年生になったら一ばん上になるんでがんばります」


「ありがとうテツヤくん。君からのメッセージ、すごく嬉しかったよ」

テツヤくん、元気にしてんのかなあ。

心の中に、小さな陽だまりが浮かんでいた。

二月、体育館で演奏会をひらいたんだ。全生徒や先生、父兄たちの前でみんな日頃の練習の成果を発揮した。テツヤくんも頑張っていた。俺は卒業を控えた六年生の子たちと、カーペンターズの「トップオブザワールド」をコラボ出演という形で一緒に演奏したんだ。給食の時間によく流れるらしい、生徒たちにはお馴染みのメロディーだった。特別な、素晴らしい思い出ができたよ。

あの日一緒に弾いたみんな、将来大人になっても、この曲を聴けばきっと頭の片隅で俺のことを思い出してくれるだろう。俺が「明日に架ける橋」を聴くと、大好きなじいちゃんを思い出すように。

それは、俺が音楽と共に生き、これからも生きていく証＝アイデンティティーでもあるんだ。

「僕が慰めてあげよう
いつも君と一緒にいるよ　暗雲がたちこめ
苦痛に覆い包まれた時
荒れた海に架ける橋のように　この身を横たえよう
輝く明日を見てごらん

友達が必要なら　僕が後ろからついていってあげるよ
荒れた海に架かる橋のように　君の心を和ませよう
人生がどんなに大変でも　僕が君の支えになってあげるから」
——僕はキミの味方だから、だからもう、大丈夫だよ——

ただ、またこんなことをしてる〝アコギ〟な俺を、母はどう思ってんのか知らないけどね。
でも結構楽しく、誇りを持ってやってるぜ。そうそう、子供たちは俺のこと「矢吹先生」って呼ぶんだ、ははっ。

34

俺はその後も〈今月も決して無理はしない！〉という約束を交わしに、月一ペースで通院している。もう一人っきりで行ってるよ。ばあちゃんにもよく顔を見せに行くし、良美叔母ちゃんもそこまで憂わしい表情ではない。

かるい気持ちでも、何かやりたいと思ったことをなんでもやってみるようになった。半分はリハビリみたいな感覚さ。俺の性格上、お座なりにはしないけどね。その意を保持したまま、ついに徳島市内のライブハウスにも出演した。「あんなだった俺が……なんだか嘘みたいだ」――一人でステージに立つのは相当久しぶりだったから、とっても緊張してコードを押さえる左手が震えたのを覚えてるよ。

子供の頃から絵を描くこともわりかた好きでね、最近は絵画教室に通って油絵を描いてるんだ。入院中の芸術療法みたく、絵を描いてる時間が実に穏やかで、静かにストレスを解放している気分になれた。リハビリとしては最適で、最上のカタルシスさ。

その年の冬、驚くかもしれないが、俺は徳島からヒッチハイクで横浜まで行ったんだ。二十歳の時に一度やって以来、もう俺は三十歳になっていた。別にホールデンを真似たわけじゃないぜ。まっ、そう思ってくれても構わないけどね。

じいちゃんが死んで、俺はどんどん元気になっていった。蘇った。不思議なくらいだ。もしかすると、これが「悟り」なのかもしれない、そう思ったよ。

大切なことは目には見えないって、遥か彼方の星の、ちいさな王子さまだって言ってるさ。

東京池袋の老舗（しにせ）ライブハウスで、ジュンタさん率いるTEAM．BRAINのニューアルバム発売イベントがあったんだ。記念のそれにヒッチハイクで行こうと思案した。早速ウィーダの辺からスタートしたよ。連れに出会（でくわ）したらちと恥ずかしいなと思ったけど、国道192号線に出てノートにでっかく「鳴門・関西方面」と書いて掲げた。すると三十分くらいで、営業で外回り中だという中年男性が乗っけてくれたよ。その人も若い時分ヒッチハイクで大阪から福岡まで行ったことがあるらしく、俺を見て気になったってさ。経験上、乗っけてくれる人の半数以上はこういう「自分も経験者」系だ。気持ちわかってくれるんだろうな。だから俺もまだ出会ってはいないが、もし見つけたら乗せてあげるって決めている。「フィールド・オブ・ドリームス」が待ってるかもしれないもん。ははっ、いくつになっても、ほんと俺はヤボな夢想家なんだよ。こんなことばっか考えてるんだ、ホント。奴さんは、映画は人をだめにするって言ってたけど、あながち間違いじゃないかもな！

徳島駅の近くまで、一発目乗せてもらえた。「ほな寒いし風邪引かんように気ぃつけてな」そう言っておじさんは、自分のおやつだったはずの缶コーヒーとどら焼きをくれてまた外回りの続きに戻っていった。どうもありがとう。

少し歩いて関西方面への高速に乗るであろう車が通るメインの大通りに出た。この時、時雨れてきたせいか全然停まってくれなかった。雨と冬の冷たい風がやる気を削いでいく。三時間近く粘るも、辺りは早暗くなってきた。今日はもう厳しいかなあと思った矢先、一台のセレブカーが停まった。

ドライバーは若いきれいな女だった。俺は懇ろにレイを言って暖かい助手席に乗り込んだ。車内は二人きり、実のところドキドキしたよ。いろいろ話をし、ブルジョア風の彼女は柊子と言って、クラブかなんかのチーママっぽいことをしているらしい（あまり詳細には訊いていない）。彼女も昔オーストラリアで友達とヒッチハイクをした経験があるらしく、偶然家に帰る途中にいた俺に気付いて停まってくれたようだ。ドラマチックな予感が漂ってきたぞ。

柊子のことも気になるが、もっと気になるのはこの車だ。一瞥して超高級車だとわかる。内装のレザーやダッシュボードなんて、こんなヒッチハイクの男が乗って大丈夫かと思うほど美しい。あまりの高性能さに、俺ははじめドアの開け方にも戸惑ったんだ。

「これ柊子さんの車なんですか？」

「ううん、彼氏の。今だけちょっと借りてて」

「凄い車ですねえ、こんなのに乗ったの生まれて初めてですよ。なんて車種ですか？」

「アストンマーティンって言うみたい」

「へえ、あんまり詳しくないんですけど名前からして高そうですね」

後でスマホで調べてみてびっくりしたよ。007シリーズにも登場するあのボンドカーなのか。彼氏が何処（どこ）の何者（スパイ）なのか知りたかったけど、一応気を遣って遠慮した。


柊子は高速に乗って、淡路サービスエリアまでアストンマーティンを走らせてくれた。ただ家に帰る途中だったのに随分高くつくドライブをさせてしまい、心の中で数秒沈黙した。その上、フードコートでアジフライ定食まで御馳走してくれたんだ。もうさあ、こんなに良くしてくれたら、誘うしかないだろうと思ったよ。ていうか、彼女もそれをさ——。

「ほんとにありがとうございました。あのう、もし帰ってきて予定が合えば、今日の御礼もしたいんで食事でも行きませんか?」

そう言った。てか、そんな展開になるように仕向けてくれていた気もするぜ。俺は柊子とラインの交換をした。彼女のラインの「友だち」の数がちらっと見えた。九百人を超えていた。

35

俺はそれから、サービスエリア内で京都ナンバーの車の持ち主に自ら声をかけ、事情を説明したら帰るついでだしいいよと乗せてもらえた。その方は弘士（ひろし）さんと言って、京都市内にあるダーツバーのオーナーさんだった。道中ずっと猥談で盛り上がったよ。初対面にもかかわらず、互いの恋愛歴や女性の好みを恥ずかしげもなく開示した。冷雨の中延々立っていた疲れも忘れるほど、彼には独特のこだわりがあった。ついでに、さっきの柊子との一連についても話してみたんだ。

「うーん、そういうオンナはあんま迂闊（うかつ）に手ぇ出さん方がええで」と、弘士さんは豊富な経験値からそう俺に助言してくれた。

京都に着いた。別れ際、ホレと言いながら壱万円のおこづかいまで渡してくれたんだ。俺は感激してさ、以来ずっと仲良くさせてもらってるよ。「ありがとう弘士さん！」

夜は市内のネットカフェに泊まり、その後四台の車で二日かけて、なんとか横浜まで辿り着いた。

横浜に来たのには理由がある。『成りあがり』を読んだからだ。矢沢永吉は初めて上京した際、まず横浜で降りたんだ。俺もなんとなくその気分を味わってみたくなったのさ。病気をして以来様々なことがあったけど、今はこうしてヒッチハイクで横浜まで来た――シナリオとしては悪くない。チャイナタウンは二三(にさん)デートでも訪れたっけ。

それともう一つ、ハマちゃんがいるんだ。ハマちゃん――。そういえばしばらく連絡は間遠になっていたけど、彼なら気にせず電話もできる。それに頼める。横浜に着いてから、彼に電話をかけた。

「もしもしハマちゃん、久しぶり、元気だった？　今ねえ、横浜に来てさあ。もし良かったら会いたいなと思って。それで、ついでと言っちゃなんだけど、今晩泊まりに行ってもいいかなあ？（こっちに来れば自然と東京弁になる）」

「洋平ちゃん久しぶりぃ！　えっ今晩？　ほんとそういうところ相変わらずだねえ。まあちょうど明日休みだしいいよ。俺も会いたいし！」――こんな感じで、ハマちゃんには毎度世話になってるんだよ。一応再会後、この突然の訪問について謝罪し説明した。

「いやあごめんごめん、実は俺ヒッチハイクで来たんだよ。だから前もって連絡しようかなって思ったけど、いつそっちに着くか俺も正直わかんなくてさあ」

笑ってるハマちゃんの顔を見て、俺はとても懐かしい気持ちになったぜ。お互いカップラーメンを食べ終わった後、彼はギターを手に取り「天国への階段」を爪弾いた。俺もテレキャスターを借りてヤマハのアンプに繋ぎ、ややノイズ混じりのピッキングハーモニクスを出してみた。なんか、おもしろいな。忘れないうちに、柊子に無事着いたってラインを送った。

次の日、夜の帳(とばり)が下りた冬の池袋でジュンタさんの歌声を聴いた。彼のストレートで実直な歌詞と、力強い歌唱が好きなんだ。一杯五百円の少量ビールを呑みながら聴く、パンク風にアレンジされたビートルズの「ヒアカムズザサン」やオアシスの「ワンダーウォール」に、俺の中に潜むスピリットが炎色反応を起こした。ハコ内禁煙てのも親切だったよ。

俺はジュンタさんに来ることを連絡していなかった。驚かそうと思ってね、作戦は大成功だ。「洋平マジで!? びっくりしたワ、ありがとう! でも元気そうでほんと良かった」——徳島からはるばる来てくれたことに、彼は心から喜んでくれたようだった。

帰り道、ほんの僅かだが雪がチラチラ降ってきた。冷たく乾いた都会の風が、賑やかに騒ぐ若者たちの熱量を夜空へ舞い上げる。数年前まで、俺も彼らのようにはしゃいでいた一人だ。

駅に着いた。パルコの前で、ストリートミュージシャンが息を白くしながら知らない歌を歌っていた。たぶん彼のオリジナルソングだろう。若干鼻にかかった声であんまり上手くなかったけど、その一曲は最後まで聴いてあげたよ。俺も自分が演ってた頃、曲の途中で立ち去られるとやっぱり多少しらけたしな。彼は歌い終わると、もし良かったらツイッターのフォローお願いしまあすと、群衆へ自分のアカウントを宣伝した。俺は検索はしてみたけどフォローはしなかった。だってあんまり上手くなかったんだもん。

池袋から山手線で恵比寿に向かった。下車したのち広尾方面へ歩き、たんちゃんに会いに行ったんだ。連絡して、今晩泊めてもらえることになった。彼が住んでいるマンションはエントランスからオートロックになっている。だから簡単に忍び込めない。

エレベーターで七階へ行きチャイムを押した。ガチャッと扉が開いて、最後に会った時のままの、いつものたんちゃんがそこにいた。

「たんちゃん、久しぶりぃ」

「おう、ほんま久しぶりやなあ。あれ、洋平髪型変わった？」

「ああ、前に結構短く切ったけんなあ」

部屋に上がると、俺が以前作ったＣＤがテーブルに置いてあった。

「昨日また聴いてたんよ」

俺、たんちゃんが好きだ。俺にとって一番の、大切な「親友」だと思ってるさ。ほんとにそう心から思った夜だった。

明晩は、連絡のついたあの日の焼肉屋メンバーと数年ぶりに再会したよ。なんでも詩織ちゃんがまたダンス関係でしばらく渡米するらしく、集まるにはグッドタイミングだったね。お父さんが今働いている有楽町のとある居酒屋に、浩介さんと詩織ちゃん、仕事終わりのカッキーさんも遅れて登場し、みんなと呑んだ。お父さんも早めにあがって、タバコ片手に加わった。病気のことは最後まで打ち明けなかったけど、楽しく呑むために集まったんだからこれで良かったんだ。たらふく酔った浩介さんは、スマホに保存してあるジュニアの写真を何枚も見せてくるから、俺も酔ってるし後半は素っ気ない返事しかできなかったよ。カッキーさんとお父さんは、その時間だけで一箱分はタバコ吸ってたと思うな。

俺はみんな相変わらずだなあと思いつつ、なんこつをビールで流した。その後詩織ちゃん以外の酔いどれ衆で、明るい闇の中客引きに釣られ、千鳥足でガールズバーへハシゴした。目標に向かい邁進(まいしん)し続ける詩織ちゃんは、きっと今も、アメリカのどこかで踊っているに違いない。

36

柊子とは二回映画デートをした。待ち合わせ場所に、彼女は黒いワゴンRに乗って現れた。一回目は「ボヘミアン・ラプソディ」二回目は「運び屋」を観に行ったっけ。約二時間、じっとできたさ。柊子は俺より一つ年上で、やはり徳島市内のナイトクラブ系の店で働いてるらしい。ドライブして食事して映画観て、デート自体は楽しかったよ。

ただ柊子はどうもはっきりしない。あの車の持ち主とちゃんと付き合っているのかもはっきり答えない。「こりゃ眉唾もんだぜ……」――有り体に言えば、何事も焦らす女だった。普段のラインのやり取りでも返信がとにかく遅く、どうもストレスが溜まる。「返事はスグしない方がいい」みたいな策を巡らす女は好きじゃない。脈絡も場当たり的でなにかと徒労に終わる。けど顔は良かった。それでイけそうな素振りを見せてくるからややこしい。車からなかなか降りないんだよ。キスぐらいはできたと思うし、それをして拒む様子がなかったらSEXまで持っていけたかもしれない。でもしなかった。もうそれ以上俺の劣情をそそられることはなく、興味も傾いでいった。

結局彼女とは二回デートをしただけで、以降ラインのやり取りすらもない。ラインの友だち九百人だもん、俺みたいな男、きっと一人や二人じゃないはずだ。ダークサイドな一面もないとは限んないしさ。

でも柊子には感謝している。アストンマーティンに乗せてくれたからね。ソースとタルタルがかかったアジフライも俺の好物なんだ。

37

今俺がハマっているのはソープランドだ。詰まるところ、俺もヤりたいんだよ。行けば毎回ユキナって嬢（コ）を指名している。俺、本指名で予約する女の子、ユキナが初めてだ。今までは一回遊べばもうそれで良かった。同じ女よりいろんな女とヤるほうがおもしろかったし。だけどユキナは、次もこの嬢（コ）とヤりたいって思った初めての女だ。舌の絡め方、吐息の温度、膣の濡れが、さかりのついた俺の勃起（エレクト）を止めさせない。

そのペニスを銜える彼女の髪を優しく撫でた。彼女はきれいな顔をしていた。場所と装いが違えば淑女に見える。即席で我がものにできる肉体を抱きかかえ、なんでこんな娘（こ）がこんな所で働いてるんだろう、そう思ったよ。

彼女は年下だったけどシングルマザーでさ、なにかと金が必要みたいでこの店にいるらしい。

ユキナは本指名率が高かった。ホームページの自身のプロフィール内で、その日の相手一人一人に御礼の日記を書いてアップしてるんだけど、半数以上は本指名の客へ向けたものだった。どの体位が興奮したとか丁寧に感想や感謝を書いていて、それ読んだらみんなまたヤりたいって思うんだろう。

俺はいつも「コヤマ」という偽名を使い会いに行った。ある時ユキナにこう言った。

「君みたいな若くてきれいな娘（こ）がこういう所で働いてんのはやっぱりなんか寂しいな。不潔そうなハゲオヤジだって来るでしょ？　それ思うとさ」

「妬（や）いてるの？」

「ふふっ、そうかもしれないね（ぬかしやがるぜ）」

「私、本指名で来るお客何人かいるけど、そういうことはっきり言った人コヤマっちが初めて。ちなみに私がここで会った人の中ではコヤマっちが一番イケメンだよ。だから私も全然嫌じゃない、てか会いたいぐらいだもん」

小さなネオンが煌（きらめ）く小型冷蔵庫を背に、彼女はアイコスを吸いながら冗談ぽく言った。

俺とユキナは互いにマットの上で、ローションでヌルヌルツヤツヤになった躰を愛撫し続けた。時々くすぐったそうに耳や首すじを舐め、勃った乳首を抓りながらしこたま舌を絡める。フェラチオをしている蠱惑的な彼女と目が合って、俺はカッコつけて「好きだよ」と言ってあげた。ユキナは艶美な瞳を刹那停止したのち、職務を全うするかの如く亀頭をレロレロした。

湿ったヴァギナの熱を感じ指を二本奥まで嬲り挿れると、彼女からビジネスオーガズムに誘う声が漏れ出る。そのままヌルヌルのペニスをコネクトし、射精した。今回はとてもいい感度に当たった気がするよ。ユキナはすごい気持ち良かったと言って、俺たちはまた濃厚に舌を絡め、唾液を交換した。


いつの間にか、ユキナは店を辞めていた。俺はひやっと動揺し「女の子一覧」をもう一度、さっきよりゆっくり確認した。その慎重さも虚しく、彼女の名前はやっぱりなかったよ。いつもより多めにスクロールしていると「ＲＹＯＫＯ」という名の嬢がいることを知った。ああ笑ってくれ、俺は今でも時折思い出すんだ。ＳＮＳで名前検索したことだって一度や二度じゃない。でも恩恵を受けたいなんて気持ち、今は全くないさ。ただふと、俺はマジメだから、ついつい考えてしまう——だけなんだ。

それから俺は「ミズホ」に的を絞った。

38

今度、地元希代澄町の喫茶店で初めて絵画展をひらくことが決まった。母も良かったね、おめでとうと言ってくれた。その日のために今一生懸命制作している。サムホール、F4号、10号20号、たくさん描いてるよ。部屋はほんのり筆洗油の匂いが漂っている。ペインティングナイフにこびりついたままの絵具を雑巾(ぞうきん)できれいに拭いた。床に置いてあるカンヴァスやデュエット額の上を、小さな蜘蛛が這(は)っていた。弘士さんにも一報送ったら「茶しばきにいくわ」とすぐに返信が入ったよ。

一枚、絶対用意すると決めた絵がある。題名は「じいちゃんのあじさい」だ。俺を救ってくれた、ほんの感謝の気持ちさ。

たんちゃんのためにも一枚描いてるんだ。以前東京で会った際に、こう告白された。

「洋平、俺ついに結婚するわ。洋平には直接会って言いたかったしちょうど良かったわ」

他人を驚かすことが好きな俺も、逆にこれには面食らったぜ。正直なところ、少し寂しさに思考が包まれた。もうこれまでみたいに気軽に遊べなくなるんじゃないかってね。でもそれ以上に、俺にしかできない最高の祝福をしてやりたいって思ったんだ。俺は絵をプレゼントすると約束した。彼も喜んでくれた。俄然やる気が出て、日々真剣に楽しく描いてるよ。

あの日の晩、絵はまだ当分先だからと伝え、とりあえず近くのワインバーへ呑みに行った。もちろん俺が払ったさ。おめでと、たんちゃん。その場のノリでキャバクラにも誘ってみたが、たんちゃんは「いや、もう眠いしええわ、かえろ」と遠慮し、乾燥と冴えた空気の中、共に熱い顔のまま帰宅した。


ジュンタさんとハマちゃんは、遠方にもかかわらず絵画展に来てくれるらしい。本当に良き友達だ。きっと二人も、会ったらすぐ友達になれると思うな。

いつだったか、俺は居酒屋での紅生姜色のハマちゃんと、酔って発したキザな台詞を、温かい〝幸福(しあわせ)〟な心持ちで思い出した。

それとジュンタさん、俺が預けっぱなしのエレキギター、ついでに持ってきてくれるってさ。

39

——今はもう通院もしていないし薬も一切飲んでいない。土方先生と話し合い、彼も俺の寛解ぶりには目を見張った。そして信じてくれた。「ただし絶対に無理はしない、オーバーワークはしないように」と、最後に、それはもう強く念を押してきたよ。

あの日、たくさんの涙を流して俺を導いてくれた母に、今心から感謝している。ちと大袈裟に聞こえるかもしれないが、俺、今生きてるのがすごく楽しいんだ。でも嘘じゃない、ほんとなんだ。

じいちゃん、ずっとずっと、俺はじいちゃんのこと忘れないよ。展示予定の「じいちゃんのあじさい」楽しみにしててね。ばあちゃんのこと大切にするから安心して。天国で親父と仲良くやってってね。

じいちゃんが全部そっちに持ってってってくれたんだよね！

俺を救ってくれて、本当にありがとう。

愛すべき総ての人へ、ありがとう。

終（エンディング）

町はいつも、どこか憂いの響きを帯びている。轍に溜まった雨もじき乾く。

俺は久々に走った。通称泪橋を往復し、戸子川湧水源（ゆうすいげん）で小休止。縷々と流れる湧水（わきみず）に触れると〈ガキの頃〉を思い出すぜ。水上を揺蕩（たゆた）う葉、速度の違う田舎の風の息吹を心で感じる。惰力ではなく、俺の心臓は律動的にしっかり打っているんだ。

「気持ちいい」

周（ぐるり）は暮色蒼然。俺は再び走ろうと思ったけど、だいぶ疲れたので歩くことにした。１９２号線まで出た時、俺はコレを書くための原稿用紙を帰りに買うつもりだったのを思い出し、ウィーダへ踵（きびす）を返したんだ。

あとがき

「道は決して一つじゃない。思わぬところに、思わぬ道がある――。」

きっかけは文芸社×毎日新聞による「第三回人生十人十色大賞」でした。〝人生〟をテーマとした文学賞の全国公募を目にした私は、すぐさま本稿に着手しました。私なりに真心を込めて執筆した結果、入賞は果たせませんでしたが現担当者の目に留まり、書籍化の話がきました。はじめ私は悩みました。書籍化は可能でも自費出版になるからです。しかし自費だからと言って誰もが出版できるわけではありません。作品の持つエネルギー、文章力、オリジナリティ、そして文芸社から世に出せるだけのレベルだと認められなければ書籍化はできません。その辺は幸運にも私はクリアしたのです。担当者から「本稿は心の病を抱えている人に、勇気とエールを贈る作品である」と評されたのは素直に嬉しかったです。

ただ出版社に認められたのなら、再構築しもっと質を高めて他の文学賞に応募すれば、もしかしたらそこで選ばれるんじゃないかと、いろいろ思案しました。

私が本稿を書籍化しようと決めた最大の理由は祖母の存在です。今回は物語の構成上割愛することになりましたが、母方の祖母も健在です。しかし、父方の祖母より若干歳も上で、認知症も顕になってきました。いつも私のことを応援してくれていた二人の祖母に作品を見せてあげたい。特に母方の祖母が、まだ物事を理解し元気な内に。他社の文学賞に望みをかけたとて、通らない確率の方が遥かに高い。しかも結果発表にはかなり時間を要する。然(そ)う斯(こ)うしている間に、もしも、祖父のように突然亡くなってしまい作品を見せられないなんてことになっては、それこそ一生後悔しそうだ。

「ばあちゃんとばあちゃん。はい、これ僕の〝本〟です。きっと喜んでくれるよね。読むのは結構疲れるから、表紙を眺めるだけでも、飾っておくだけでもいいからね。無理しない程度に、長く元気でいてください。また会いに行くよ」　愛をこめて　孫より

「そしてジュンタさん、ハマちゃん、牧野先生、曽根先生、弘士さん、あと父親になったたんちゃん――名前の使用許可感謝します。ありがとう」　ヤジより

校正をしていたのがちょうどクリスマスシーズンだったので、大好きな「素晴らしき哉、人生！」を今一度鑑賞しました。じいちゃんは、私にとってのクラレンス（守護天使）なんだと思うと、自然と目頭が熱くなり、安らかな心地になりました。

36頁、〝ここで生まれた物語が、いつの日か俺の「作品」になったら……〟

ほんとにそうなったよ。コレを読んで、一人でも多くの方が、生きようって思ってくれたら、命の尊さを一層鑑(かんが)みてくれたら、私は幸せです。私でも乗り越えられたんだから、あなたも大丈夫。その瞬間はきっと訪れることを信じてください。宮沢賢治の言う「ほんとうのさいわい」が、あなたを待っていますよ。

最後に、同じ病魔と闘い勝利した学生時代の友人○○さん、ありがとう。生きてくれて、本当に嬉しいよ。だって、君は俺のともだちだから。

二〇二一年三月三日　矢島耕平

rose bud

（※118頁、〝みんな地獄に行く〟〝天国には行けん〟――私がここに込めたシンプルな想いは、私同様、臆びょうな人がこれで怖気づいてくれること、ブレーキをかけてくれることです。もしたったひとりでも、そんな人がいるのであれば――。その後の世界のことは、無論私は何ひとつ知りません。）

著者プロフィール
矢島 耕平（やじま こうへい）
1988年7月24日生、徳島県出身の芸術家。
二十代後半に冒された精神的病いを克服したのち、執筆活動を始める。
2020年、文芸社×毎日新聞による「第三回人生十人十色大賞」に応募した本作が担当者の目に留まり、改編した本稿で作家デビュー。現在は地元徳島でミュージシャン、画家としても活動を続けている。

1／4窓 ヨンブンノイチウィンドウ

2021年5月15日 初版第1刷発行

著　者 矢島 耕平
発行者 瓜谷 綱延
発行所 株式会社文芸社
〒160-0022 東京都新宿区新宿1－10－1
電話 03-5369-3060（代表）
03-5369-2299（販売）

印刷所 株式会社フクイン

ISBN978-4-286-22465-7